U0451117

ВОЛГА - РЕКА,
ПРОТЕКАЮЩАЯ СКВОЗЬ ДУШУ

伏尔加河
从灵魂里流过

当风让我受惊，我正逆水而行

范行军——著

孔　宁——图

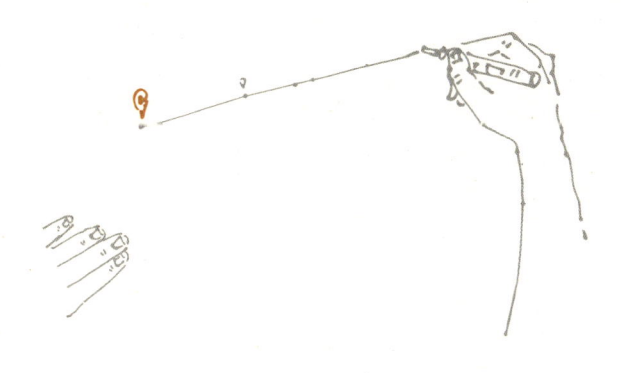

辽宁人民出版社

ⓒ 范行军　2022

图书在版编目（CIP）数据

伏尔加河从灵魂里流过：当风让我受惊，我正逆水而行 / 范行军著 . —沈阳：辽宁人民出版社，2022.2
（"思·行天下"系列）
ISBN 978-7-205-10258-6

Ⅰ . ①伏… Ⅱ . ①范… Ⅲ . ①随笔—作品集—中国—当代 Ⅳ . ①I267.1

中国版本图书馆 CIP 数据核字（2021）第 170968 号

策划人：孔宁

出版发行	辽宁人民出版社
地　址：	沈阳市和平区十一纬路 25 号　邮编：110003
电　话：	024-23284321（邮　购）　024-23284324（发行部）
传　真：	024-23284191（发行部）　024-23284304（办公室）
	http://www.lnpph.com.cn
印　　　刷	辽宁新华印务有限公司
幅面尺寸	145mm×210mm
印　　　张	6
字　　　数	120 千字
出版时间	2022 年 2 月第 1 版
印刷时间	2022 年 2 月第 1 次印刷
责任编辑	阎伟萍　孙　雯
装帧设计	留白文化
责任校对	冯　莹
书　　　号	ISBN 978-7-205-10258-6
定　　　价	58.00 元

当我谈论俄罗斯时，我谈论的是自己

p r e f a c e

一个雨天，我把《伏尔加河从灵魂里流过》的所有文字和图片，交给了出版社（俄罗斯旅行文化随笔系列的第二部《流放在温暖的西伯利亚》，第三部《遥远的狄康卡近乡》……）。之后，打着伞，走在雨中，回想三年两去之行程、六年三十多万字时断时续之写作，觉得有些话还是在前面说一说的好。也算是序吧。

在第一部开篇《没有一道门可以轻易地被打开，但是》结尾，我说："走出来，就是打开了一道门。而我，时刻愿是一本不安之书，一缕清风就可以翻开。"

现在，翻回过去。

我的少年时代离不开两本小人书：奥斯特洛夫斯基的《钢铁是怎样炼成的》，上下两册。我的文学启蒙则是三本小人书：高尔基的《童年》《在人间》《我的大学》。我从保尔身上学到勇敢，冬妮亚让我体味初恋，高尔基教我阅读、热爱人间、沉思苦难，向往月夜之下的伏尔加河。再后来，克拉姆斯柯依的《月夜》，让我现在写的小说里，清丽的女子都穿白色的裙子，而列宾《伏尔加河上的纤夫》使得我迷上绘画，美梦绵延。再再后来，普希金、果戈理、陀思妥耶夫斯基、托尔斯泰、柴可夫斯基、希施金、勃洛克……他们的诗、小说、音乐、绘画，构成了我的又一个故乡。

故乡，是要回的。

2015年8月的一个傍晚，我踏上了这片土地，低哼《莫斯科郊外的晚上》。翌日，经过四个多小时的车程来到了图拉州的雅斯纳亚·波良纳——这片"明媚的林间空地"，面对绿草丛中"世界上最美的墓地"，跪下来。这虔诚不为一人，而是对所热爱的精神家园之朝拜。

我从托尔斯泰身边的林间空地带走一瓶土（出关时险些搞出一场事故）；我在新圣女公墓靠着意念找到奥斯特洛夫斯基；我坐在红场冥想彼得大帝骑马而过；我在克里姆林宫看到普希金沉重的背影；我在十二月党人广场轻抚青青绿草；我在彼得保罗要塞撩起凉凉的涅瓦河水；

我在果戈理的"涅瓦大街"想与陀思妥耶夫斯基的"地下室人"撞在一起；我在波罗的海岸边感受从芬兰那边吹来的风；我从圣彼得堡带回一本俄文版的《樱桃园》……

问题随之而来，体现在写出的十九篇随笔上：走得还不多，看得还不细，想得还不深。我不再往下写了。我又开始阅读。重读、新读了一百多部有关俄罗斯的历史、哲学、文化、小说、诗歌、传记等作品。我用三年时间，为重返俄罗斯做了思想准备。

2018年，还是8月，再次动身。

北京，拂晓前，飞机起飞，在叶卡捷琳娜堡短停，直飞圣彼得堡。在此，做了一次重要寻访，到芬兰湾昔日的库奥卡拉——列宾庄园。离开这座城市，乘坐高铁到特维尔，再转车至克林，探访柴可夫斯基故居，又坐上一列绿皮老爷火车到了莫斯科。再之后，飞抵克里米亚半岛的辛菲罗波尔，凌晨两点坐上出租车南奔雅尔塔，就为看契诃夫的故居。三天后西行塞瓦斯托波尔，追寻托尔斯泰参加克里米亚保卫战的足迹。再回辛菲罗波尔是在傍晚，又连夜飞往新西伯利亚，清晨落地，进城领略俄罗斯的第三大城市。此行，寻访了十多位作家、诗人、画家、音乐家的故居，探寻了六大公墓，在两大美术馆徜徉，站在雅尔塔"三巨头聚会"的现场，目送塞瓦斯托波尔"沉船纪念碑"的落日余晖。

行程两万多公里。

对了，这还没算上我跃入黑海奋力畅游的长度。对我来说，它很长。

从岸——到海。

其实，每一次行走，都是从岸——到海——再回到岸。

我在故居之间行走。我感觉，就像回到了熟悉的老房子，记忆可摸。在阿赫玛托娃的家，我靠近诗人，破旧的马灯再次点燃。我从一只有裂纹的碗、一条白色的披肩、一把破旧的椅子，沉思那些诗的诞生。

我在特列恰柯夫美术馆、普希金造型艺术博物馆、冬宫博物馆、圣彼得堡国家博物馆之间行走。行走，在绚烂与眼泪之间，在高大与卑微之间，在风云变幻与静水流深之间。美在高处，在心灵的近处。

一切都不寻常，一切都不一样——我默念着帕斯捷尔纳克的文字，在墓地之间行走。语言、色彩、旋律，会在墓地灵光闪现，彰显超然的神秘之力。两去新圣女公墓，先后拜谒沃尔科沃公墓、涅夫斯基修道院两大公墓、瓦甘科夫公墓……每次，都令内心宁静。在列维坦墓地，更能理解《墓地上空》的压抑和隐忍；在勃洛克墓地，比以往更懂得了：比水更静/比草更低。

我晓得，不论怎样热爱诗人的诗、画家的画，也不可能成为诗人和艺术家，但这不重要。重要的是，去遇见苦难和梦想，遇见坎坷和诗意，遇见命运和光荣，遇见他们，就是靠近人生。从而，认知愈加丰富的世界。丰富，包括不完美。正是不完美，让我每每急坠之下，得以抓住飞升的翅膀。站在波罗的海岸边，我想起波兰诗人扎加耶夫斯基"尝试赞美这残缺的世界"，看淡了一路的不顺。我习惯了在尘埃里找到精灵。

我卑微，故尊高尚。

每次行走，都能与善良相遇。在莫斯科的一个机场，有过被人为滞留十三个小时的无奈，更多的是得到帮助：凌晨两点从辛菲罗波尔坐上出租车赶往雅尔塔，司机全程无话，专注驾驶，却费时半个小时直到叫开酒店的大门方离开；还在雅尔塔，一个长相酷似普京的戴着墨镜的男人，带路二十分钟后转身远去，留下他握手的力度；在柴可夫斯基故居，当我要求还听一遍《船歌》时，乐曲便在老柴的钢琴旁再度响起；而在列宾故居，我紧紧拥抱了馆员大妈后，被允许随便拍照——哦，拥抱，世上最美、最温暖的通行证。

行走的不确定性，带来的乐趣、惊险、意外乃至后怕，令人难以忘怀。在圣彼得堡，有一天走了三万多步，夜里十一点多又写日记，圆珠笔都支撑不住要合上的眼皮，第二天早起补写，一股浓烈的烧焦的味道伴着黑烟差点引发报警器，原来我将电水壶放在燃气灶上点着了火。哦，正是不确定性，才保了可能性的无限广大，其中的迷途即是诗意。哈哈，也有笑话。

行走的遗憾，更是行走的魅惑。在圣彼得堡，错过了纳博科夫故居和他的蝴蝶；在塞瓦斯托波尔，与俄罗斯庞贝城——希腊古遗址赫尔松涅斯失之交臂；最后一站，没能走进新西伯利亚美术馆……止是遗憾，驱动了冉次行走，都当最后一次，且宽宏以待，对人，对事，对过往。何必对部分生活而遗憾，君不见全部人生都多苦多难。

行走，是对自己的善待。

两次行走俄罗斯，三万多公里行程，自己越来越像自己想成为的样子。而那伏尔加河一如既往地激流澎湃，牵动着我走得更远，又且以空杯，默对繁华。

借乔丽·格雷厄姆的句式，结束亦开始：当雷让我受惊，我正逆水而行。

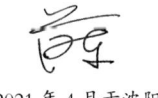

2021 年 4 月于沈阳

目 录

c o n t e n t s

没有一道门可以轻易地被打开,但是　// 1

从幽禁之地到自由之路　// 12

雅斯纳亚·波良纳的那一天　// 27

我跟着他望,那颗心是夜的灯　// 42

圣彼得堡:一个女人的诅咒及其他　// 50

玫瑰花开了,而醋栗还没有成熟　// 65

伏尔加河从灵魂里流过　// 77

其实,是月亮就闪耀着荆棘的光辉　// 95

这飞翔,是布尔加科夫在黑夜的飞翔　// 120

死亡并非结束,诗歌终将返乡　// 135

保尔·柯察金刀穗的"断失"　// 158

雅尔塔五记　// 169

没有一道门可以轻易地被打开，但是

2018年8月2日下午四点多，独立出版人宁宁从沈阳发来微信，他已坐上动车。于是，从此刻起，我们重返俄罗斯的自由行，正式启程。我们要从北京出发，在叶卡捷琳娜堡短停，直飞圣彼得堡，还会去波罗的海边上的列宾诺；离开"开向欧洲的窗口"，乘坐高铁到特维尔，转车至克林，再到莫斯科停留几天；然后飞抵克里米亚半岛首府辛菲罗波尔，从那里南奔雅尔塔，接着西行塞瓦斯托波尔，再回辛菲罗波尔，连夜飞往新西伯利亚，白天可以逛逛这个俄罗斯的第三大城市，之后深夜飞返北京。我们计划寻访十二位作家、诗人、画家、音乐家故居，探寻五大公墓，徜徉两大美术馆，还要看看"三巨头聚会[1]"之地，参观克里米亚战争纪念馆——整个行程大约两万公里。

我们两个不会俄语的人，非要跑到俄语地盘浪一圈，此行惊艳但也不会太消停。所以达成共识：遇事不急，即使急也要急中生智，不能急中生气。五个多小时后，我们吃上了出门的饺子，喝了两听啤酒，复习了一遍行程。宁宁做的攻略打印成两本彩色杂志，有图有字。十二点过了，我们背上双肩包，坐上预约的出租车，奔机场。航班是凌晨三点半的，以为来早了，换登机牌时竟排到最后——五六十

---

[1] 1945年2月4日至11日，美国总统罗斯福、英国首相丘吉尔、苏联领导人斯大林，在克里米亚半岛的雅尔塔举行了重要会议，史称"雅尔塔会议"，俗称"三巨头聚会"。

米长的队伍。原来有的人十点多就来排队了,为能得到一个宽松的座位,宁可加点钱。

闲着没事,蹭点花絮吧。前面是个小团队,带头大哥五十多岁的样子,搞贸易的,在俄罗斯好些年了,说起圣彼得堡就像苏州人讲到拙政园、厦门人提起鼓浪屿。不过令我开心一笑的,是他回答一个女孩的话:圣彼得堡什么时候都好看。

我们拿到了登机牌,也就蹭不到有趣的了。窗外,夜色沉闷,毫无撩人之处。等待也是旅行的一部分,不会静,就不会动。坐下写了点日记。到了登机时间,来到 E12 登机口,被告知:晚点四十分钟。我记住了这家航空公司——乌拉尔。记忆是深刻的。后来,它又把我们困在莫斯科多莫杰多沃机场整整十三个小时。说好的晚点四十分钟,飞机离地已经五点半了,以为会经历一次美好的夜航西飞,又不过是做梦。地理知识真的是还给中学老师了。

迷迷糊糊,好像睡了一会儿,其实已飞行了两个多小时,从舷窗往下一看,触目惊心——好大一片丘陵地带,荒凉,令人屏住呼吸。有的地方,像一个个巨大的大象屁股,挤在一起,褶皱凌乱不堪。有的地方,岩石乖戾,仿佛是几个醉汉挥舞着破斧头胡乱砍成的。还有的地方,简直就是一个嚣张跋扈的大汉,蛮横地压住下面的小兄弟,而一旁站着几个卖呆的家伙,稍远一点竟还有个伙计心无旁骛,蹲坐着,俨然罗丹的"思想者"沉思远方。而再远就是灰突突的混沌一片了。真想知道身处何地之上,可是不懂俄语,还是别去和空姐打哑语了。语言障碍就这样阻挡了一次见识。

飞了四个多小时,飞机闯入一片云层,但朵朵白云并不见惊慌,纹丝不动,姿态万千,神秘诡异。有的像城堡,有的像骏马,有的如棉絮相互依托,只有飞远了再看,才发觉它们已摇身一变,城堡如雪山,骏马似片片白缎,拉拉扯扯,扯不断的更乱。佩索阿说"我坐在你身边看云,我看得更清楚",在此应该换成"有了距离看云,看得更清楚"。就在你惊诧天空的云彩变脸比翻书还快时,前面就呈现出灰蒙蒙的一片,接着是灰蒙蒙的一个城市的轮廓——叶卡捷琳娜堡。这座城市让我能想到的就是,沙皇尼古拉二世[1]和他的妻子、四个女儿、小儿子,被秘密警察赶到别墅的地下室,用机枪扫射而死。时间恰好是一百年前,1918年7月。飞机在细雨中降落。在此加油。我努力回想与这里有关的记忆,也只有马雅可夫斯基的几句诗了:"我们扭转了历史的奔腾/请把旧东西永远送别……"这首诗没有收入他的诗歌选集,我是从一本传记中看到的。时间过去了五十分钟,外面还有雾,还在下雨,天空中布满灰色的云,担心又会停留很长,飞机竟然动了。天更助我,在不想看到这座城市时,天空再一次辽阔而碧蓝。

然后,我就很难再闭上眼睛了。

蓝天之下,那些渐渐展开的鲜艳的颜色和色块:蜡笔画似的田野、广阔的森林、闪亮的河流,还有白得耀眼的教堂,得需要多少个后来的萨夫拉索夫[2]、希施金[3]和列维坦[4],才能画得出来。道路越来越多,也越来越清晰了,通向一座城市。是圣彼得堡。但好心情马上换成了担心,俄罗斯海关的办事效率三年前就领教了,做足了心理准备:过海关,预留了两个小时。走出飞机,又遇到那位带头大哥,他正告诉小伙伴们如何快速通过海关。我马上请教,他就说了一句:到亮着蓝灯的门口排队。为了排在前面,我们快步向前,而且,充分体现出不带旅行箱的优势。很快,我和宁宁分别来到亮着蓝灯的入口,镇定,递上护照,冲着摄像头微笑,然后等待。啪,啪,两个戳盖完,拿回护

---

1. 尼古拉二世(1868—1918),俄罗斯罗曼诺夫王朝的最后一位沙皇。
2. 萨夫拉索夫(1830—1897),俄罗斯著名风景画家。其代表作《白嘴鸦又回来了》,被称为呈"抒情的风景画",描绘了冬季到春季的心情变化。
3. 希施金(1832—1898),俄罗斯著名风景画家。
4. 列维坦(1860—1900),俄罗斯著名风景画家。

照。天啊,入关了,不到三分钟!这是俄罗斯吗?!真想再重新体验一下这种快感。

要说,这老黄历不能翻了,世界还是向好的。

乐观的情绪鼓舞着我们,步履轻盈,很快坐上了机场大巴,进入市区后,在莫斯科大街下车步行,去寻一座雕像。也许太顺了吧,随后为了一个上网卡,我浪费了四五十分钟。好在有些问题花钱就能解决。继续走,沿着大街背对阳光,还是觉得晒,车辆驶过又卷起一股热气散过来。在一座老旧却很干净的楼下,一对新人和家人在拍照,热热闹闹的。我送去祝福的笑意,对方回馈更多的笑容。这之后身体又暴露在正午的阳光下,背包也就显得沉了。又走不远,看到前方有一座高大的雕像——不是我们要找的。这是被俄罗斯老百姓戏称的"列宁同志在打车"。三年前去普希金城时路过这里,与列宁同志擦肩而过,这次算是一次弥补。近前拍照,光线太强了,又没有树影遮挡,使得影像缺少立体感,又显得孤单。

与列宁挥手告别,继续往前走,走得大步流星。四下看看,好像大街上只有我们两个中国人。在一个十字路口,出现了一个漂亮姑娘,

>列宁雕像,在圣彼得堡莫斯科大街(范行军摄)

宁宁马上用英语问路，她指了指前面，看来我们没走错。果不其然，又走了七八分钟，60多米远的左前方，那座雕像出现了。加快脚步，绿灯一亮，穿过马路，站在车尔尼雪夫斯基[1]跟前。年轻时读《怎么办》，真是点灯熬油，后来就不太喜欢了，觉得过于说教，故事不精彩。但"怎么办"三个字始终在思想上扎下根，成为一种怀疑，更成为一种追寻。此刻，追寻到此，见

>作者在莫斯科大街旁的车尔尼雪夫斯基雕像前留影

证了他的存在，一路上怀疑会不会走错了路，也就彻底消失。正是这样，行走，就是破除怀疑的最好方式。此刻，他端正地坐着，戴着眼镜，手里拿着一本书，目视前方，神情平静而坚定，稳定的姿态显示出驾驭风云变幻的力量，丝毫没有"怎么办"的疑惑。但我与他一起看向远方时却皱起眉头，不是阳光刺眼，而是很多电线像一道道黑色的笔将蓝色的天空粗暴地画上了一条条擦不掉的痕迹。不过，这样的印象几天后就消失了，许是看得太多了吧，可我清楚，是认同了这种现象的存在——它，更可以归为一种特色，就像有些发达的国际大都市，还留有一条有轨电车线路，还会把一截古墙"镶嵌"起来，而一些小城更会保留一段古老河流的旧道。

不去破坏，就是建设。

十几分钟后，我们离开了车尔尼雪夫斯基，心满意足，为实现了

---

1. 车尔尼雪夫斯基（1828—1889），俄罗斯著名的唯物主义哲学家、文学评论家、作家，代表作有《怎么办》《序幕》《艺术与现实的美学关系》等。1862年被捕入狱，后流放西伯利亚服苦役，1889年去世。

第一个目标。但没想到,"怎么办"在赶往预订的民宿时,多次成为问号。

　　找到了最近的地铁站。上次来圣彼得堡没坐地铁,这次它将是我们出行的主要交通工具。宁宁施展出非凡的公关能力——"英语+俄语(汉语发音式俄语)"的功夫,成功地买到两张七天十次的地铁卡。我刷卡顺利通过检票口,可宁宁却被拦住,过来两个工作人员反复试,卡还是不好用,最后怎么好用的也搞不清楚了,反正人是过来了。地铁如传说中的深,四五十米的样子,下行显得气势汹汹。地铁上的人不多,有的男人旁边有座也站着,很爷们儿。大玻璃窗上还有半尺宽的窗,开着,随着清凉的风进来的,还有车轮滚滚的凶悍。我们要在"干草市场"站下车,但愿就是《罪与罚》的那个"干草市场"。嗷嗷叫的地铁停了,往上走时一下子安静了,倒不适应了。可一出地铁站,热,闹,热闹。眼前人来人往,几十米开外车来车往,阳光烤在对面黄色的建筑上,像刚刚出炉的巨大面包。

　　怎么办?我看着宁宁,意思就是往哪里去:左边?右边?前方?

　　宁宁拿出手机,打开"谷歌",于是我们向右走去。人行道不平,要盯着点路面。走着走着,感觉一直走下去会走到涅瓦大街,宁宁摆布了一下手机方位,确定"谷歌"指错了方向。为确保不再走错,就向一个中年男人问路。他很认真,盯着宁宁的手机,然后拿出自己的,划开地图看了看,坚定地向西一指。我们谢过,就很坚定地向西。行走,越是走得远,你会越明白一个道理:路,很多时候是问出来的,而能够及时转身,则会改变你对很多事物的认知。

　　我们走回头路了,也是走在正确的方向上。阳光迎面烤过来,脸上汗津津的,再次庆幸此行放弃了行李箱,要不然就多了一个累赘。你会发现,一旦走在对的路上,浑身都会轻松自在。边走边胡乱看,可惜找不到半点"干草市场"的蛛丝马迹,事后便是遗憾:那座著名的陀思妥耶夫斯基雕像与我们住的地方，仅隔一条街。离开临街的酒店、商店、杂货铺，一下子进入一片绿荫中。原来左面是一个公园，绿树参天，绿草如茵，缓缓的坡地上有很多人，大多是女人，穿着三点式，或躺或坐，身边放着书、矿泉水、衣服和包。那份清凉与惬意，对于旅行者来说，徒有艳羡。站在公园门口附近，宁宁展开地图，对照了一下马路对面的大楼，说：范兄，我们到了，就在这里。

> 陀思妥耶夫斯基雕像，也即小说《罪与罚》主人公拉斯科尔尼可夫寓所

但这里，还不是床。看到床，才能确定是真的到了。

语言不通，再一次阻碍了马上就可以躺到床上的奢望。围绕着黄色大楼，宁宁问了不下十个人，即使碰到了能说一点英语的，也是摇头。有一次，我们跟着一个人走进一个院子，看了看，觉得不对，学着出去的人在墙上的开关处按了一下，又回到街上。大楼呈 V 形，面向两条马路，民宿就在里面，可是大门到底在哪个方向呢？回到 V 的尖顶，再次问路，还是没结果。半个多小时过去了。这时，宁宁突然发现大楼右侧的马路对面有一家酒店，说这次应该不会错了。原来房主提醒过，进入院里的大门在"大使酒店"对面。我们就走到酒店对面，转身看到了曾经走过去的门洞——里面是一道对开的铁门，中间

没有一道门可以轻易地被打开，但是

锁着，左边门上还有一个小门。既然我不懂英语，又不能问路，开门总是可以的吧。还好，已经观察到墙上的开关，过去，按了一下，小门开了。这时心情好极了，总算进到了院子里。在院子又转悠起来，哪个门洞才是通向我们房间的第二道门呢？一个年轻男子过来，拿出手机，说了一句俄语，马上汉语发声了："我可以帮助你们吗？"我们都笑了。宁宁拿出地图，他看了看，给我们指出了那个门洞。我们说着俄语的谢谢"斯巴细巴"，走过去，但门推不开，锁着的，散发着热气。宁宁电话与房主沟通上了，她说她的一个同学一直等着来的，因为我们迟迟不到就走了。很显然，问题出在乌拉尔航班的晚点上。但现在的问题是，房主什么时候回来。回答是，她在买东西，让我们等。真是饱汉子不知饿汉子饥。我们下了飞机这一路，就靠旅行杯里的那点水解渴充饥了。

　　怎么办？等吧。放下双肩包，减负。这是一个干净的院子，干净得连一棵树都没有，倒是可以坐在地上，但得不怕烫屁股才行。

　　宁宁再次与女房主联系。房主发来信息，让我们自己开门，楼洞门的密码：5012。铁门上是有一个密码盘，123456789，三行排列，下面另有一个 B 和 C，密码盘旁边还有一个铜色按键。我先按了 5012，门不开。又按，还是不开。反复操作，门纹丝不动。可是，即使开了这道门，还有一道房门，没有钥匙也是进不去呀。这时宁宁猛然想起，女房主给他发了一张照片，房门钥匙放在一个空调后边。立刻，我们的眼睛里全是空调。研究侦探小说的分析能力此刻派上用场了：一、空调不会离门太远；二、空调不会太高；三、空调后边不是过路人随便就能看到的。四个空调找下来，没钥匙。宁宁又看了一眼图片。继续找。这一次，在门洞左面空调的后边发现了钥匙。一把筷子粗的两寸多长的钥匙，套在一个铁环里，另外还有两个圆的铁纽扣，一黄一黑。拿到钥匙，我便想起与女儿一起玩过的密室逃脱，其中有一条不成文的策略：给出的东西和条件，都是有用的。我信心满满，再次在密码盘上按下5012，然后拿黑色的铁纽扣，放在那个铜色按键上。听到了一个动静，心跟着怦怦直跳。成了！一推门，没开。但我确信听到了门锁的动静，宁宁也听到了。长出一口气，屏住呼吸，暗示这次一定能成。5，0，1，2——念出声来，之后，换黄色的铁纽扣，放到铜色按键上，瞬间，一个比方才更动听的声音传出来。宁宁说，范兄，这回成了。我推了一下门。门，好沉，但它还是被推开了。

乌拉！在等待了一个多小时后，我们进入了第二道门。

宁宁说，范兄，房门，还是你开吧。

从外面看，这座楼光滑整洁，可楼梯却是石头的，坑坑洼洼。顾不上这些了，一口气爬上六楼，确定面前的门就是预订的房间门后，我把那把两寸来长的钥匙插进门锁，慢慢转动，好像打开了，拔出钥匙，门没开。再试一次，哈哈，成了。

在北京晚点了两个小时，在叶卡捷琳娜堡停留五十分钟，飞行了七个多小时，坐大巴，到莫斯科大街找到车尔尼雪夫斯基雕像，换电话卡，再坐地铁，出来走错方向，然后找到大使酒店，走进后院，寻找钥匙，用侦探技术打开第二道门，再打开第三道门——我终于看到了沙发，开放式厨房，浴室，还有床。

烧水，泡茶，我从厨房的抽屉里找到了糖罐，往茶里放了两勺白糖。天啊，我从没喝过这么好喝的糖茶。

最美好的是生活——车尔尼雪夫斯基说得没错。

休息了一个多小时，换上干爽的衣服，我们又出门，走过一条运河，曲里拐弯，一通胡乱走，竟然遇见了格林卡[1]的雕像，然后是科萨

---

1. 格林卡（1804—1857），俄罗斯著名作曲家，也是世界乐坛上的音乐大师。对后来的俄罗斯音乐创作特别是对俄国浪漫乐派强力集团有重要影响，被誉为俄国交响乐的奠基人。曾经的俄罗斯国歌《爱国歌》即是格林卡的作品。

>格林卡雕像

科夫[1]，再走就看到了马林斯基剧院，夕阳下那绿色极其端庄。走上一座窄桥，两侧扶栏上的鸽子一点不怕人。到了对岸，顺着一处台阶走到最下面，蹲下来撩了撩水，挺凉的，上来时一个腆着肚子的中年男人和我说话，听不懂却能听出是善意，宁宁为我们合了影。

天渐渐暗下来了，我们往民宿回了，顺路在一家哈萨克斯坦风味的饭店吃了一顿饱饭。一个鸡大腿，被我狼吞虎咽下去，啥味道也没吃出来。没喝酒，也许是想在圣彼得堡的第一杯酒，一定要到普希金文学咖啡馆去喝。出来时，街灯亮了，也就有了一点倦意，可还是到了一家超市，买了鸡蛋、香肠和饮料。这之后，三道门，顺利打开。

---

1. 科萨科夫（1844—1908），俄罗斯著名作曲家、音乐教育家。他和鲍罗丁、穆索尔斯基、巴拉基列夫及居伊并称为"五人强力集团"。

夜里，准备好了明天出行的衣服，冲过了凉，我看了一眼门口小桌的钥匙，打开日记，接着在北京机场没有写完的地方写道："没有一道门，可以轻易地被打开……"

几天之后，在莫斯科，我们步行了很远找到高尔基故居，但正门锁着，只好原路返回，到后面，看着好像是那幢别墅的后花园，就从一个不大的门走进去，当一个绿色的长椅出现时，向右拐，然后看到了一扇高大的房门——从这里，走进了故居。

>作者朋友孔宁在科萨科夫雕像前留影（范行军摄）

又几天之后，从辛菲罗波尔机场凌晨两点坐上出租车，两个小时之后到了雅尔塔，在预订的酒店门口，叫门二十多分钟，终于走进去，到三楼打开了房间的门。

是的，没有一道门，可以轻易地被打开。

但是，走出来，就是打开了一道门。

而我，时刻愿是一本不安之书，一缕清风就可以翻开。

从幽禁之地到自由之路

一、沉重的背影

诗人 德里克·沃尔科特[1] 评价海明威,说过这样一句话,美属维尔京群岛的"景色与墨西哥湾流息息相关,这里是海明威的领土"。借用此话后面的句式,当我深入到俄罗斯的森林、河流、乡村、城市、街道、博物馆、艺术家故居,还有雨就要来的夜晚,以及克里米亚半岛南岸的黑海惊涛——他的身影就像童年时劫富济贫的绿林强盗,随时出现——我想说的是:这里是普希金的领地。

不错,这里是普希金的领地。

不错,诗人就是在自己的领地,被流放,被幽禁。

2015年8月的一天,离开红场,走不远又开始排队,没有参观列宁墓的长蛇阵和

---

1. 德里克·沃尔科特(1930—2017),圣卢西亚诗人,1992年诺贝尔文学奖获得者。

> 普希金雕像,圣彼得堡普希金文化广场(范行军摄)

安静，有点乱作一团。最后，与其说是走进了克里姆林宫，不如说是挤进去的。一旦挤了进去，拥堵瞬间化作闸口放出的水，人流一下子散开了，随后又被吸纳到广场、教堂，或是站在普京办公楼的马路对面。人，总是要被分流的。再看天空的云彩，像从列维坦的油画《伏尔加河上的清风》上飘过来，大得一动不动。当目光回到教堂闪亮的圆盖，回到粉刷过的墙壁，回到五颜六色的人流，回到导游们此起彼伏的各路腔调，身似穿越。也许是功课做得太多，从小人书《列宁在十月》，到克柳切夫斯基的五大本《俄国史》，此刻各种碎片纷至沓来，在明晃晃的阳光下，恍如幻梦。太多的传奇、荒诞、闹剧、假面、激辩、刀光剑影、血雨腥风，恍然间又惶然间淡入淡出，而稍不留神，就撞到了某个历史人物的身上。

我在"炮王"和"钟王"之间，听到了托洛茨基[1]的一声慨叹，在他之前，还有一个身影走过去了，我想方设法让自己安静下来，辨别出那个人影，是普希金。

1826年9月8日下午，尼古拉一世[2]加冕沙皇之后，召见了诗人。过了几年，这位沙皇在回忆里对诗人的第一印象不是十分的好：这个比自己小三岁的男人，脸上皱纹深刻，尽露疲态，络腮胡子遮住了脸颊和下巴，像猿猴似的。他的"身上带着毒疮"——暗指梅毒。但是，他的一句问话以及诗人的回答，日后成了表现诗人自由意志以及不畏皇权的反抗精神的象征。

"如果你12月14日在彼得堡的话，你将会做什么？"尼古拉问。他问得直接且狡猾。1825年12月14日，"十二月党人"在彼得堡的起义让他刚刚接近皇位就实施了一次镇压。他残酷，却不爽。

---

1. 托洛茨基（1879—1940），苏联著名的无产阶级革命家、军事家、理论家。十月革命后（1917—1926）身居要职。1926年10月，他被撤销中央政治局委员职务，1929年被驱逐出苏联，1940年8月在墨西哥遭暗杀。
2. 尼古拉一世（1796—1855），俄国罗曼诺夫王朝第十五位沙皇（1825—1855），继位时镇压了"十二月党人"起义。

从幽禁之地到自由之路

"我将会和造反者一起出现在参政院的广场上。"普希金回答。此前,他在祖辈的封地米哈伊洛夫斯克村,写诗、饮酒、追逐女人。还寂寞。

我看到太多的版本讲述这一时刻,始终不理解普希金为何如此大胆。他是多么渴望结束"流亡生活"[1],而眼前的沙皇一手自由一手枷锁,他就不担心尼古拉一怒之下再把他发配西伯利亚吗?俄罗斯历史学家维·费·沙波瓦洛夫认为,普希金那样说,是"对朋友的忠诚。普希金将友情看得非常之高并极其珍惜自己的朋友,……友情被纳入诗人坚守的诸多精神价值之中。……既然是这样,那么在最紧要、最险恶的时刻,对友情的立场就使得他根本不可能放弃友谊——这无异于背叛"。如此说来,我就有点佩服尼古拉了,面对诗人的挑衅,稳得住场面。无疑,两人都有坚持与妥协,但统治者技高一筹。

两人接下来还说了些什么——这是普希金不愿回想的。

那天,他从克里姆林宫快步走出来,深知为了自由自己失去了很多。

我看到一个风尘仆仆的背影,很快就消失在大街的尽头。看过太多他的雕像,他的高大,他的正面,他的沉思,实在不忍心看到这样的背影。2015和2018年,都在8月,我两次到特列恰柯夫美术馆,两次站在吉普林斯基[2]和特罗皮宁[3]绘制的诗人画像前,不想离开。我对一些评论家感到失望,他们竟

> 普希金肖像画,吉普林斯基作品

> 普希金肖像画,特罗皮宁作品

---

1. "流亡生活",1820年5月,普希金因《自由颂》等诗歌,被沙皇亚历山大一世放逐到俄国南方;后又被幽禁在祖籍地米哈伊洛夫斯克村。
2. 吉普林斯基(1782—1836),俄罗斯肖像画家。
3. 特罗皮宁(1776—1857),俄罗斯浪漫主义画家。

没看出诗人眼里的忧郁和嘴角上凝结的沉默,更没看到诗人肩上背负的那个巨大的耻辱。两幅作品都画于1827年,被评论家们忽略的那次对话的阴影,还在诗人的心上。站在诗人的画像前,我为读懂了他的妥协而愧疚,而心疼。但我不想请求原谅。而那个背影虽然也不是我愿意看到的,但又必须紧紧地盯住。历史留下的一些细节,最好不要绕行,否则,镜子就失去了应有的深度,道路也就没有了宽度。

二、普希金,十二月党人,尼古拉一世

一天下午,阳光好得像一场博爱,无微不至,让每一朵云彩都带上了赴约之后的惬意。在圣彼得堡,我走过尼古拉一世雕像,走过伊萨基辅大教堂,走进树荫,走在红沙铺成的小路,也就走上了十二月党人广场。通向青铜骑士[1]的路边草地上,好几群鸽子在啄食,一点不怕人。广场上绿草如茵,远处,或有一个人躺着晒太阳,或有两个男女相依,或有三五个朋友围坐,或有七八个人在忙活一对情侣拍婚纱照。我走向青铜骑士,悄然间,脚步已经走在190年前起义者的足迹上。听不到涅瓦河的水声,却能感受到那天的马蹄声脆。还有,普希金的声音。

普希金离十二月党人很近,尤其在"我将会和造反者一起出现在参政院的广场上"之后。实际上也很近,他的《自由颂》被十二月党人广为传诵:

> 你在哪里呀,劈向沙皇的雷霆,
> 你高傲的自由的歌手?

---

1. 青铜骑士,即彼得大帝(1672—1725)的骑马雕像,法国雕塑家法尔孔奈最杰出的作品,矗立在涅瓦河边的十二月党人广场。雕像基座的花岗岩石上刻着"叶卡捷琳娜二世纪念彼得大帝一世于1878年8月"。

>青铜骑士,也即彼得大帝纪念碑,在十二月党人广场旁

  如果不是这首诗,诗人也许不会遭受流放。而他的一些呼唤自由的诗篇,确实成为十二月党人心中的旗帜和呐喊。起义被镇压后,一个又一个十二月党人在接受审问时提到受到了普希金作品的影响。

  一个说:"我到处都能听到人们满怀热情地朗诵着普希金的诗歌。这使我的自由主义思想越发强烈。"

  一个说:"1825年,我首次接受了自由思想,部分来源于我所涉猎的书籍,部分是因为和自由主义分子的接触,不过最主要的思想来源乃是普希金的自由主义诗歌。"

  一个说:"年轻人当中稍微有点文化的又有谁没读过普希金那些歌颂自由的著作,又有谁不为他的思想感到欢欣鼓舞呢?"

  如此看来,普希金简直就是十二月党人的领袖了。但,偏偏不是。尽管他的某些愿望与十二月党人的主张一样。1812年俄法战争的胜利，唤醒了俄国人，他们开始思考国家的命运和自己的人生。1816年2月9日，六位年轻的军官成立了俄国第一个秘密团体——救国协会，宣扬规范或废除农奴制，推翻独裁统治，建立君主立宪制。

十二月党人中很多人都是普希金的朋友。他也常常光顾他们集会的地方，但是他却从来没有参加过这个组织的任何秘密行动，也从未被邀请加入该组织。这是为什么？一个未尝谋面的朋友是学俄语的，喜欢俄罗斯文学，自然喜欢普希金，她与我探讨这个问题时，说出了一个观点："作为诗人，他无拘无束，崇尚自由，不愿意被任何组织所束缚，即使他知道一些朋友可能是秘密团队的成员，理智上也与他们保持着距离，但不妨碍他与他们成为密友。"不得不说，这是一个良好的愿望，正如我也曾这样想过："十二月党人考虑过加入组织的危险性，故而不让普希金加入。他作为诗人对俄罗斯更有价值。"显然，这都是幼稚的。

事实上，十二月党人从一开始就没有想过吸纳普希金。

伊凡·普欣是普希金在皇村学校的同学，也是诗人"第一个知交，珍贵的友人"。普欣有过这样的回忆："任何最轻微的疏忽对我们的整个事业都可能是致命的。他那种活泼狂热的个性，他和他那帮不值得信赖的朋友之间的瓜葛，都使我感到害怕。可是，一个问题不知不觉地在我脑海里掠过：为什么——不看在我在内——很多其他更老的、和普希金熟识的成员都没有考虑过发展普希金加入组织呢？想必他们也一定是在顾虑我所担心的那些事情：他的思维方式是尽人皆知的，但是他不能完全取信于大家。"

另一个十二月党人说得更为直接："为什么？大家都觉得这是由于他的性格、他的懦弱、他放荡的生活方式。他会立即让政府知道有秘密团体存在了。"

1825年1月11日，普欣来到米哈伊洛夫斯克村，两个朋友又一次相遇了，分外激动。夜里，两人一边饮酒一边聊天，普希金对普欣的一些秘密行为一直关注着，怀疑他参加了某个秘密组织，就说："我不会强迫你说什么，也许你不相信我是对的。我身上的愚蠢之处和毛病太多，不值得你信任我。"普欣对此一笑而过。

普欣不知道，这个时候的普希金又与庄园管家的女儿奥尔加开始了谈情说爱，可怜的19岁女孩在离开这里后生下一个男婴，只活了60多天就死了，这是1826年9月的事。也就是说，这个孩子的父亲在1825年的很多时间里，在与他的母亲卿卿我我之后，不停地想念着另一个叫作凯恩的美人。7月至12月，他不停地给凯恩写情书，"我要发疯了，我跪倒在您的脚边""给我写信吧，爱我吧""您是一位安慰天使""我要吻您那迷人的小手"……看到这些信，我替奥尔加难过，又难以忘怀《致凯恩》：

> 我记得那美妙的一瞬：
> 我初次看见你的倩影，
> 有如昙花一现的梦幻，
> 有如纯净之美的精灵。
>
> ……我的心儿在欢乐地激荡，
> 因为在那里面，重又苏醒
> 不只是神性的启示和灵感，
> 还有生命、眼泪和爱情。

十二月党人的考虑是正确的。普希金也有自知之明。他做事没有耐心，总是变，就像他人一样，没有闲着的时候，总在动。1819年，他还萌生要加入轻骑兵部队，最后在奥尔洛夫少将的劝说下打了退堂鼓：

> 奥尔洛夫，您是对的：
> 我还是抛弃
> 我的轻骑兵之梦，
> 并且庄严地大声宣布：
> 战袍和军刀啊——全部都是虚荣！

1825年9月，亚历山大一世[1]离开彼得堡，到气候适宜的亚速海边的小镇塔甘罗格疗养，可是他11月19日突然驾崩。这个消息让十二月党人既惊讶又兴奋，也陷入了两难境地。如果他们要采取行动，这绝对是一个最佳时机，但是他们没有成熟的行动计划。时值俄国政局动荡，亚历山大的弟弟、波兰总督康斯坦丁作为理所当然的继承人却不想从波兰回来继位，但直到12月14日才正式做出放弃皇位的决定，而此前，国家上上下下都已经宣誓效忠于他了。这时，亚历山大的第二个弟弟尼古拉决定称帝，而他已经获悉存在着一个反对他的政府的阴谋活动。历史就这样选择了这一天：有人要称帝，有人要反对专制统治。这天上午，参与起义的队伍人数达到3000余人，他们聚集在参政院广场前的青铜骑士雕像旁，组成战斗方阵，拒绝向尼古拉宣誓。尼古拉一开始不想动用武力，派彼得堡总督米洛拉多维奇将军去谈判，结果遭到枪杀，最终，下令炮击。

我蹲下来，抚摸了一下草坪上的草。几只鸽子飞过来，咕咕叫着，以为我手里会有好吃的。可爱的小动物，它们不知这里有着伟大和耻辱的记忆。

---

1. 亚历山大一世（1777—1825），俄罗斯罗曼诺夫王朝第十四位沙皇，他在俄法战争中击败了法兰西皇帝拿破仑一世。

三年之后，也是8月，我和朋友孔宁从涅瓦大街的普希金文学咖啡馆出来，再次直奔这里。太阳落下去了，天空慢慢从蓝变灰，云彩的边缘还带着浅浅的玫瑰色。铺着沙子的路走上去，沙沙作响，两边的树做好了退隐夜色的准备，叶子安静。长椅上坐着聊天的人，也坐着发呆的人。草坪上，还有孩子在玩耍，还有恋人在拍照，还有人躺在上面跷着腿，还有三三两两的年轻人在聊天。我很想在上面躺一会儿，却是朝着青铜骑士走过去。想不起来是在哪本书里看到过，勃洛克[1]曾在这附近的涅瓦河边徘徊，我也就向前方的河面望过去。河的那边也是安静的。离开这里，走到南面的马路，街灯都亮了，伊萨基辅

---

1. 勃洛克（1888—1921），俄罗斯著名诗人，"象征主义"领袖人物，代表作有《美妇人集》等。

>尼古拉一世青铜纪念碑，在圣彼得堡圣以撒广场

大教堂在金黄的灯光下辉煌。再往前走就看到了尼古拉一世骑马的青铜雕像，这座纪念碑于 1859 年 7 月揭幕，据说它是当时的一个技术奇迹——马的两条后腿作为支撑点，在欧洲还是第一次。这位沙皇被塑成一个骑士，高高在上，但历史定格了他的虚空。他面向十二月党人广场，面向涅瓦河，但大教堂挡住了他的视线。他无法看得更远。而一天傍晚我登上伊萨基辅大教堂，俯瞰这位沙皇，他就像一个塑料玩具。

三、十二月党人起义失败与普希金的一封信

杰弗里·霍金斯在《俄罗斯史》中对十二月党人起义失败的悲剧予以了简明扼要的总结：十二月党人都是贵族和军官，……这些上流精英只占了社会的一小部分，也正是这一原因，使得他们与广大人民脱节。同时，他们在养育自己的帝国和所希望施行服务的人民（虽然是以专制方式）之间权衡比较，举棋不定，找不到一个合理的政治路线。而且当他们奋不顾身开始行动时，又对自己失去信心。既没有对目标给予足够和认真的考虑，又得不到广大民众的支持，因此十二月党人无法实现其目标。

其实，十二月党人的个别领导人临阵脱逃也是起义失败的一个原因。那天，具有北方协会绝对领导权的特鲁贝茨科伊根本就没去广场，他后来竟然跪倒在尼古拉的脚下，恳请沙皇宽恕。参加过高加索战争的雅库博维奇应该是一名干将，他倒是手持利剑赶来广场，不过突然抱怨头疼病又犯了，就撤了。所以，当尼古拉下令炮击队伍之后，士兵纷纷败退、倒下，无法形成一个强有力的战斗集体，也就不足为怪。

几天后的夜里，在米哈伊洛夫斯克村的普希金听说彼得堡的流血之后,脸色惨白,整个晚上都异常沉默,一言不发。

12月17日,尼古拉任命了一个特别审讯委员会调查此次"阴谋活动",普希金害怕调查波及自己,把他在米哈伊洛夫斯克村开始创作的自传手稿全部烧毁——这是他做得出来的——1820年4月,他在获悉当局想要没收他的诗歌时,就立刻烧掉了手稿。他谨慎地对待了十二月党人的英勇,一时间变得比较"沉默",同时呼吁各路朋友为他积极奔走,希望尼古拉开恩,结束自己的流放生活。

1826年5月11日至6月上半月,他在米哈伊洛夫斯克村给尼古拉写了一封信——这封信我是在2001年的夏天看到的,当时心里如结了一块冰——把普希金的一切美好形象全部封冻起来了。也就是从那时起,我把珍爱的《普希金抒情诗集》上下两册,束之高阁,且让书脊冲里。诗集的"解冻"是在2015年8月,临去俄罗斯之前。10月的一天,我再次看到这封信,心里依然冰冷。这封信,让尼古拉已经看清,诗人不可能成为十二月党人。所以3个月后,在克里姆林宫,尼古拉并不把普希金的"我将会和造反者一起出现在参政院的广场上"放在心上。

普希金在信中称呼"无上仁慈的陛下"之后,写道:

1824年,由于我在一封信中对无神论妄加评论,不幸激怒先帝,因而被开除公职,流放乡下,并且受到总督监视。

如今,我对皇帝陛下的宽宏大量满怀希望,并且怀着真诚的悔悟和坚定的决心,保证不再用言论同现存秩序对抗(对此我可以写出书面保证,也可以对天发誓)。

然后,在另一张纸上,写了:

本人保证今后不参加任何秘密团体，不管它的名称如何；兹在此声明，本人过去和现在都没有参加过任何类似的秘密团体，并且从来不知道它们的存在。

四、诗歌与刀剑的距离

又一天下午，我来到皇村——普希金城，在林间走着的时候，尤其是在卡梅隆长廊上往下望的时候，有点替亚历山大一世感到疑惑：皇村学校怎么会变成自由与反抗的温床？那些少年就生活在皇恩一侧，开学和毕业他都去看望了那三十几个学生，时常也是格外关心，而他们当中竟然冒出一个用诗歌反对他的人，还有两位更是用刀剑挑战皇权。还好，后两位是在他死后。

1819年4月的一天，天很凉，亚历山大一世与皇村学校校长英日

> 皇村的湖（范行军摄）

哈尔德在卡梅隆长廊下的湖岸上散步。沙皇想把普希金流放到西伯利亚,他得到密报:这个家伙让整个俄国都充斥着躁动不安的诗句。英日哈尔德自然不希望普希金被流放,尤其是流放到西伯利亚,以他对心高气傲的普希金的了解,流放等于毁了一个未来的诗人。于是他希望沙皇能用自己的仁慈和宽宏大度使得普希金回心转意。总之,沙皇要把普希金流放到西伯利亚去的消息放出来了。普希金害怕了,去求助前辈诗人卡拉姆辛[1],保证自己两年之内不再写反政府的诗歌。普希金仰仗着自己的诗才,使得一些人为他奔走,向沙皇求情,亚历山大一世心软了——普希金可以不被流放到西伯利亚,但是被派到伊凡·英佐夫将军帐下做事,实际上也是被"发配",惩罚轻了一些而已。

再看十二月党人——1826年7月9日,彼得堡法庭宣布了审判结果:在121名起义首领中,5人被处以分尸之刑,后改为绞刑;31人被处以斩刑,后改为终身流放;81人流放。普希金在皇村的同学,也是他最好的朋友普欣被判终身服苦役,后来减为20年;另一个同学丘凯尔别凯逃到华沙,却在那里被捕,判了20年苦役,后减为15年。

……生与死、饮酒与流亡、追逐女人与服苦役之间,无法准确地判定普希金到底站在了哪个位置。但有一点是可以丈量出来的,这就是——诗人与战士之间是有着距离的。

回到1826年9月8日的那个下午,在克里姆林宫:

"如果你12月14日在彼得堡的话,你将会做什么?"尼古拉问。

"我将会和造反者一起出现在参政院的广场上。"普希金回答。

这之后,尼古拉又问道:"你的思考方式是否有所改变、是否能够保证今后改变行为,如果我将你释放的话?"普希金犹豫了很长一段时间。在长久的沉寂之后,普希金向尼古拉伸出了手,发誓会有所

---

1. 卡拉姆辛(1766—1826),俄国作家、诗人、历史学家和文学评论家,其《可怜的丽莎》等作品开创了俄国感伤主义文学的潮流,他在历史学上的代表作是十二卷的《俄罗斯国家史》。

改变。

于是，尼古拉和普希金从房间里走出来，对等候在外面的大臣们说："先生们，这是我的普希金！"

每每想到这一刻，欲哭无泪。为了自由或者说就是为了活着，多少人放弃了尊严，抛弃了朋友。而针对普希金，德·斯·米尔斯基说："更为糟糕的是，他丧失了内心的自由，因为他们让他意识到，他的获赦是一个意味深长的仁慈之举，他无论如何都永远无法对此做出偿还。"

可以说，1825年12月14日之后，普希金与十二月党人的距离是越来越远了——这是诗歌与刀剑的距离，是生与死的距离。这样说，无意将十二月党人当作天平，用来考量普希金的人品、道德、信仰和忠诚。实际上看，作为诗人的普希金，对于俄罗斯，对于世界，更有意义和价值。但是，十二月党人毕竟是一面镜子，使得普希金以及我们，都看清了自身存在的软弱与不坚定，这在平常的日子里并不显现，而在重要关头或是危急时刻，便可暴露无遗。历史，也就这样对英雄与懦夫做出了选择。

留给懦夫的刀剑，总是剩下最后一把了。

此刻，我想抓住它。

五、只需让玫瑰，年复一年为他开放

两次来到莫斯科，都没到特维尔广场去看普希金纪念碑。但我知道，陀思妥耶夫斯基去过了，曼德尔斯塔姆去过了，茨维塔耶娃去过了，马雅可夫斯基也去过了。我看过诗人太多的雕像了：青铜的，石膏的，大的，小的，站着的，坐着的；在广场上，在地铁站，在居室里。我还在"一只蚂蚁"跳蚤市场，从一个胡子拉碴的男人手里，买了一枚诗人头像的胸章，放到书架上，挨着老版的《普希金抒情诗集》。在俄罗斯，你很难走出诗人的"领地"，但我又不想被一个诗人所"关照"。我还有勃洛克，还有巴尔蒙特，还有赫列布尼科夫，还有阿赫玛托娃……

1899年4月和1900年5月，年轻的奥地利诗人里尔克两次漫游俄国，第二次，他前往雅斯纳亚·波良纳，要拜访托尔斯泰，坐马车穿越乡村时，他想到了普希金。他没为普希金写诗，但是《致俄耳甫斯的十四行诗》中有两句诗，如果非要送给普希金，也是合适的：

不要立墓碑。只需让玫瑰
年复一年为他开放。

雅斯纳亚·波良纳的那一天

一、到雅斯纳亚·波良纳去

到雅斯纳亚·波良纳[1]庄园去，我一心想的是要带回一瓶土。就用可口可乐的瓶子，装满他的马蹄踩过的土，装下他用刀割过草的明媚的林间空地的清新，再装上他在树下看书时悄悄过来陪伴的午后的阳光。

但是，我又不能不与1910年10月28日凌晨5点的那辆马车，迎面遇上。原来，托尔斯泰的出走，一直是我在路上的一个十字路口。托尔斯泰，很多时候也就成了思考。像苏格拉底，像但丁，像"原野里的百合与天空中的飞鸟"。

到雅斯纳亚·波良纳去，不为怀念，而是为了与他相遇。

---

1. 雅斯纳亚·波良纳庄园，位于俄罗斯的图拉州，"雅斯纳亚·波良纳"中文意思是"明媚的林间空地"。1828年9月9日，托尔斯泰在此出生，19岁时继承了这块土地。他在这里生活了将近60年，创作了《战争与和平》《安娜·卡列尼娜》等作品。距作家故居1.5公里的森林里，安葬着他的遗体，墓地不设墓碑，被誉为"世界最美的墓地"。

>油画《托尔斯泰在树下看书》，列宾作品

二、池塘，林荫大道，马厩，拂晓前

　　8月的一个早上，也是抵达俄罗斯的第一个早上，那种凉爽，是风经过了森林再吹过来，敷在脸上，心情都会跟着起一层鸡皮疙瘩。坐上奔驰中巴，从伊斯梅沃出城，驶往图拉。昨天从上海飞北京，停留两个小时，再飞莫斯科，从白天飞到华灯初上，夜里12点才躺下，也许是床太窄承受不了凌乱的梦，凌晨4点就醒了，站在窗前喝了一口水，向远处看，墨绿一片的地方是森林，右边的点点灯火带着些许的阑珊，而7点多钟又跑到酒店后面莫斯科最大的跳蚤市场转了转，现在还像打了鸡血似的。车驶出城，车里唱起了《三套车》《喀秋莎》。美丽的俄导丽达从前座回头，看着我们大开眼界的样子。窗外，天空蓝得不能再蓝了，大朵大朵的云彩，肥得都懒得动了，云彩下面遍地是树，一排树，一片树，满眼是绿。这蓝，这白，这绿，让人恨不能把肺都掏出来在里面洗一洗。路不是很宽，也有些年头了，但一路都夹在绿色之中，远远地向前望过去，着实像一条黑色的带子，要是上坡时还会有一点点飘动之感。二战期间，如果苏军不是拼死防住了图拉，这条路，怕就是希特勒部队直捣莫斯科的最佳路线。快到图拉了，路南出现一个广场，停车，过去一看，果然是为纪念卫国战争而建。头发被风吹乱了，歌声再次响起。中午进城了，在一家不大的俄式餐馆吃了一顿地道的俄餐。

　　再上路，很快出了市区，路渐渐趋窄，有一段山路，两边树枝刮擦着车窗。在一个岔路口，车停下了，丽达让大家别急，司机对这条路也不是很熟。还好，很快走上正道，不一会儿车再次停下，车门打开了。这里已经停了一些客车和轿车，人不算少，几个卖纪念品的跟前都有顾客。中国人就我们几个，不用引领，跟着前面的人往前走就是了。阳光迎面照过来,走着走着就热了,脱了上衣,只穿 T 恤,觉得身板还不赖,但一瞧前前后后俄罗斯爷们儿和女人那粗壮的大腿、腰和胳膊,自己还是太瘦猴了。

这时,雅斯纳亚·波良纳——托尔斯泰庄园,到了。

要说门,挺别致的,两座白色的圆筒形小塔楼,一左一右,像两个肥胖的守卫。这是托尔斯泰的外祖父尼·谢·沃尔康斯基公爵所建,他是一位有名的将军。走进大门,左边是个很大的池塘,四周是树,围护着平静如镜的水面。这里曾经很喧闹,夏天里,托尔斯泰会带着庄园里农民子弟小学的孩子来游泳,冬天水面结冰,他也会和家人来滑冰。那天,得知他离家出走,索菲亚·安德烈耶夫娜[1]跳进水里,想要自杀。此刻,浮萍静静,水静静,倒映着蓝天白云。我蹲下来撩水,惊飞了三三两两的蜻蜓。然后,站在正对着大门的林荫大道,好

>托尔斯泰庄园大门右边的湖(范行军摄)

像完成了一个夙愿似的,长长地呼出一口气。道路两旁的白桦树高大挺拔,向上形成两排高高的绿墙,枝叶茂密,越往上越靠近,中间只

---

1. 索菲亚·安德烈耶夫娜(1844—1919),托尔斯泰之妻,1862 年 17 岁时与 34 岁的托尔斯泰结婚。

留一线蓝天,有鸟在这窄窄的蓝天中飞过,不留痕迹地飞过。

再往远看,树林中隐约露出白色和绿色的边边角角,像隐藏其中的巨大的积木。庄园给人的第一印象,就是:这里是一片森林。一眼望不到边的森林。380公顷在这里只是一个数字。

我们顺着这条路往里走了。我拖在后面,生怕一下子就走完了这段路。1908年的一个雪天,托尔斯泰在这条路上散步,他的胡子和雪一样白。此刻,我正踩在他的脚印上,即使是他在此徘徊,我也愿意在此徜徉。走不多远,大家跟着导游向西去,来到了一处马厩。我还是没听导游的介绍,而是走近它,仿佛这样就能看到托翁牵出了一匹骏马,策马而去,在草地,在森林,在山谷。马厩后面不远处是这里最古老的建筑,沃尔康斯基公爵的别墅。向西看去,那里有一间原木

> 托尔斯泰庄园的林荫大道

结构的房子，屋顶盖着茅草，这是马车夫住的。看到这间房子，我冷不丁打了个寒战——那天拂晓前，天边还闪着寒星，老人慌慌张张地跑过来，叫醒车夫，赶紧套车。

三、1910年10月28日凌晨5点的马车

我回看来时的林荫大道，那里一下子暗下来，显得遥远。这时，身后传来马蹄声，我再次转身，一辆马车迎面而来，很快就跑过去了，夜里下起的小雪，使得路上留下了凌乱的马蹄和两道不深的车轮印迹，一直延伸到大路。

1910年10月28日凌晨5点，这辆马车，跑过池塘，跑出大门，带起点点雪尘。上午8点多钟，82岁的托尔斯泰在亚辛卡车站，乘上了开往南面高加索方向的火车。但，这一次，他自己也没有了明确的方向。

也许，离开家，就是方向。

四、此处原有托尔斯泰的诞生地

离开马厩，直接向北，不一会儿就来到了托尔斯泰文学博物馆，这里收藏着托翁生平和创作的有关资料、手稿等。这座楼在1859—1862年，是庄园农民子弟学校，而东边不远处则是托尔斯泰故居博物馆。历史上，这两座别墅中间曾经是主楼，但是1855年，托尔斯泰在牌局中赌输了，使他失去了自己最心爱的房子。当时他在克里米亚，连续两天两夜都在玩一种叫"俄罗斯十三张"的扑克，他一直在输。为了偿还赌债，他把主楼卖给了邻近的一个地主，还有一种说法是卖给了一个商人，总之是后者把主楼拆掉，运走所有建筑材料在自家院

子里另建了一处新房。被拆毁的主楼不是一座普通的房子，而是母亲留给儿子的珍贵遗产。托尔斯泰也想留住它，为此，卖掉了自己另外11个村庄，连同里面的农奴、木场和马匹，可是赌债过于巨大，他在日记里承认自己"输掉了一切"。如今，在主楼空地的草地上立着一块石碑，上刻"此处原有托尔斯泰的诞生地——主楼"。托尔斯泰在这里生活的9年，被一场赌局席卷一空。

就在这片空地上，人最多，站着，坐着，拍照，走动，聊天，喝饮料。一座美丽的建筑永远地隐形了。但是，你若是了解一点历史，就会感到空气中的一丝凝重。毕竟，别人的痛苦总是我们身上的一部分。人生总会以牌局的形式在某个时刻出现，我们都赌过。

我们都赌输过。

五、茨威格用戏剧形式丑化了索菲亚

想着自己曾经的输局，走过这片空地，来到东边的别墅。它坐南朝北，白得像在童话里，面对着苍郁的树林。门前的花坛中间，有一棵高大的榆树，它虽然不是过去的那棵，看着它时，也会看到男主人正在树下接待游民、香客和乞丐。而坐在门口的台阶上，也会听到从上面的凉台传来他与朋友聊天的声音，是和屠格涅夫，是和列宾，是和高尔基。然后，听到他悄悄地打开门，走下台阶，往南边急匆匆地去了……

我总有一种感觉，是迎着他的出走——走进这里的，极不踏实，想躲闪又想阻

>作者在托尔斯泰故居博物馆前留影

拦——多么荒唐。进入一楼来到前厅,靠墙是几个木质书架,看着笨重,里面很多书都是精装,又高又宽。这些书只是这里2.3万部书中的一角。穿过这里上到二楼,就进入了宽敞明亮的大厅,这里可以会客又兼餐厅,西面墙上挂着家人和两幅托尔斯泰肖像画,一幅是克拉姆斯柯依[1]所画中年的作家,一幅是他的学生列宾所画老年的作家。长长的白色餐桌上,那些银餐具精致、明亮。从大厅南边往左边走,进入一个小客厅,我注视着那张小圆桌,就在它上面,很多个夜里,索菲亚都在仔细地誊清丈夫白天写出的稿子,作家文思泉涌,又涂改得凌乱不堪,只有她才能辨认清楚。她常常抄写到深夜。有一部书稿,她抄写了7遍,不错,就是托尔斯泰写了7年的《战争与和平》。

在这里,我很难将索菲亚与茨威格[2]笔下的那个老女人联系在一起。

还有,《逃向苍天》为什么采用了戏剧形式?这很容易让人想到虚构。很有可能,茨威格也无法确定真实情境,只能寄望模拟一场冲突,来展示主人公的出走缘由:一是托尔斯泰不满沙皇统治的现状,理想渐渐破灭,对社会失望,也对自己失望,所以他必须出走,以此来证明自己的行动力;二是索菲亚利欲熏心,逼走了丈夫。

茨威格先是设计了两个来访大学生与托尔斯泰展开交锋:

"大学生乙":"您该睁开眼睛面对现实了,政府对人民犯下了如此的滔天罪行,您不能再动摇不定了。……不过您也知道,用言论来反对这种血腥的暴政,今天已无济于事。……而您的声音就能为革命召集起整整一支军队。……可您却谨小慎微地躲开了,您这样做,实际上是在赞成暴力!"

---

1 克拉姆斯柯依(1837—1887),俄国著名画家、艺术评论家,"巡回展览画派"创始者,代表作有《月夜》《荒野中的耶稣》《无名女郎》等。

2. 茨威格(1881—1942),奥地利犹太裔著名小说家、剧作家、传记作家。一战期间从事反战工作。1934年遭纳粹驱逐,流亡英国和巴西。1942年2月22日在巴西自杀。

托尔斯泰:"我从未赞成过暴力,从未有过!……"

不论托尔斯泰怎样回答,两个大学生都不满意,在老人说出了关于苦难与流血之后,"大学生甲"开口了:

> 我问您——列夫·托尔斯泰,您为什么自己不去经受苦难呢?您为什么总是向别人宣扬殉难,而您自己却舒舒服服地坐在这座私人庄园呢?当您的农民穿着褴褛的衣衫在路上行走——这是我亲眼看见的,当他们在茅屋草棚里饥寒交迫,处于死亡边缘的时候,您却在用全套的银制餐具吃饭。……您为什么不最终离开这座伯爵府邸,走到街上去,在那苦风凄雨、天寒地冻之中亲自体验体验这种所谓的大有好处的贫穷呢?您为什么总是在口头上夸夸其谈,而不去身体力行您自己的主张?您为什么自己最终不给我们做出一个榜样呢?

>托尔斯泰故居博物馆南草坪

这番话，无疑将托尔斯泰逼到了尴尬的境地。不离家出走恐怕是不行了。但是还需要一个契机。

　　于是，茨威格冷酷地将老迈的索菲亚送上了道德的审判席。先是："房门被推开了。列夫·托尔斯泰的妻子——伯爵夫人像一阵过堂风似的闯了进来，显得神经紧张，精神恍惚。她的举止不定，目光总是胡乱地从这件东西转到那件东西……"一系列的动作，无疑想告诉观众：这个老女人惦记着丈夫的遗嘱——到底把著作版权交给了谁？茨威格对索菲亚予以了丑化描写：那扇进入书房的房门被轻轻地、小心翼翼地推开了，像是小偷干的。有人光着脚底板蹑手蹑脚地摸索着走进这漆黑一片的书房，手中拿着一盏有遮光罩的提灯。伯爵夫人一双哆哆嗦嗦的手……她没有翻找到想要的东西，走了。而托尔斯泰在妻子离开后，"手中擎着一支蜡烛，……气得浑身发抖"，于是唤来女儿萨莎，决定了出走。

　　当我站在托尔斯泰的卧室，还是很难相信并理解，茨威格描述的情节，就发生在这里。

六、被"猜想"出来的翻找"遗嘱"行为

　　在这里，还有另一个人，他的思想感情与茨威格虚构的"大学生甲"和"大学生乙"有着相同之处。他就是年轻的布尔加科夫。他有幸在托尔斯泰前任秘书古谢夫被沙皇流放后，来到庄园与老人朝夕相处。他后来著有《在托尔斯泰生命的最后一年里》，分析了老人出走的思想根源："他生活在无聊的家庭纷争之中，生活在亲人们为了争权夺利、为了手稿而相互恶斗的漩涡之中，再加上现实与思想之势不两立的矛盾，使得他痛不欲生。这现实，就是整个出走的形势；这思想，就是他所信奉的对劳动人民平等、简朴生活的热爱，对穷奢极欲、特

权地位的厌弃,以及他对思想与现实之矛盾的无法摆脱的、令人断肠的清醒意识。"

老人出走那天中午,布尔加科夫从外面赶回庄园,他心情激动:"终于发生了,……无可怀疑,这一次是一去不返地离开了。"他在日记中写道:"大约夜里十二点,他在自己的卧室的床上躺着,透过门缝发现书房里有灯光,还听到翻纸的簌簌声——这是索菲亚·安德烈耶夫娜在寻找遗嘱及其他证据。对遗嘱签署的怀疑在日夜煎熬着她。她的这种深夜刺探的行径使列夫·尼古拉耶维奇丧失了最后一点超过了限度的忍耐力,出走的决心就这样在他的脑海里无法挽回地猝然决定了。"

但上面的描述,显然是推测。因为,他当时不在现场。

我阅读过索菲亚的两大本中文版日记,她在 27 日的日记最后写到了托尔斯泰:"(他)回来写了很长时间,读了很多东西。下雪。"索菲亚不能不关心托尔斯泰写了什么,这也就给后人的推测留下了丰富的想象空间。

我查阅了托尔斯泰最后的书信,他也没有对任何人谈起过那天晚上的事情。

但是,他写于奥普京修道院的日记,成了许多人可以"添枝加叶"的素材。其实,老人写得很严谨,没说他"看到了"妻子如何如何,而是听到和猜测:"十一点躺下。睡到两点多种。醒来之后,同前夜一样,又听见开门声和脚步声。前几夜我没有看我的房门,今天一看,便从门缝中看见书房里有明亮的灯光,还听见沙沙的声音。这是索菲亚·安德烈耶夫娜在找东西,可能在翻阅什么……"之后,她走进他的房间,问他身体怎样,她看见他房间里

> 索菲亚·安德烈耶夫娜年轻时

点着蜡烛，有点惊讶——这些天里，托尔斯泰与妻子的关系很紧张，一想到她就感到"痛苦得难受"，但即使这样，他也是在猜她"可能在翻阅什么"，而不像茨威格和那位秘书认为的，是在翻找"遗嘱"。

也许，真相永远也无法揭开了，就像托尔斯泰书房中放在书桌上的那几封信，在收信人离家出走后，邮戳上盖着"1910年"的信封，不曾被拆开过。

一百年后，英国学者、俄国文化史专家罗沙蒙德·巴特利特在《托尔斯泰大传：一个俄国人的一生》中，做了比较客观的叙述："10月下旬，托尔斯泰发现索菲亚翻动自己书房的东西后，终于决心走出家门。他曾一直渴望离家出走，犹如一个身背简单行装踽踽独行的流浪者。他在1910年终于得遂己愿。……八十二岁的他在10月28日午夜和马科维奇医生一起离开，以便摆脱索菲亚的纠缠。"

索菲亚，还是要背负逼走托尔斯泰的罪责。

七、她最后也没有去分享丈夫的美誉

索菲亚在10月28日的日记中写道："列·尼突然走了。噢，真是太可怕了！他留下一封信，不要找他，他去过宁静的暮年生活——永远也不回来了。信刚读到这部分，我便绝望地跳进池塘，我呛得喘不过气来；……我绝望极了。救我干什么？"

布尔加科夫记下了当时的情况。那天上午11点，他赶回庄园，而索菲亚刚刚醒来穿上衣服，到丈夫的房间去看一看，可她没看见丈夫，找了好几个房间也没有找到，这时家人才把托尔斯泰的信给她。她拆开信，读到了"我的离去将使你痛心……"，就慌慌张张地向自己的房间跑去，然后下楼，出门，向池塘跑去。她跳进水里。大家把她救上来，可是没过一小时，她又一次跑向池塘，再次被大家强行架了回来。

如今，她的卧室充满着温馨艺术的格调，看不出一丝落水者的痕迹。墙上挂着祖孙三代人的照片，最大的两幅是托尔斯泰的，一幅是年轻时身穿戎装的，一幅是老年时坐在椅子上的。一张古色古香的梳妆台上面，是她画的小幅油画，有树林，有蘑菇。她的外孙女说，外婆总是一天忙到晚，缝缝补补，抽空就拿起画具跑到院子、树林、池塘边去画画。

1910年11月7日，托尔斯泰去世了。从此，索菲亚活在孤独、悔恨与惆怅之中。她每天都去上坟。舆论还在一直指责她，没完没了。高尔基看不过去了，虽然他不太喜欢索菲亚，但还是站出来说了公道话：

> 仅仅与托尔斯泰牢固而长期地结合这一事实，就已经给了索菲亚·安德烈耶夫娜以获得全体托尔斯泰天才作品与生平的真真假假的爱好者们尊敬的权利；仅仅因此，托尔斯泰"家庭悲剧"

>托尔斯泰故居博物馆东南边的花园

的研究者先生们就已经应该管住自己恶毒的嘴巴，忍住自己气愤与报复的感情，停止他们那颇似警局密探肮脏工作的"心理追踪"和他们那不讲规矩，甚至想用指尖干预最伟大的作家生活的无耻愿望。

索菲亚于 1919 年 11 月 4 日去世。她没和托尔斯泰葬在一起。她不想分享丈夫那座世界上最美丽的墓地的名誉。其实，她完全有资格。就凭她——1862 年，17 岁嫁给 34 岁的托尔斯泰，结婚后生育了 13 个孩子，8 个孩子几乎都是由她一手带大的。而且，她还要管理庄园、抄写书稿、为丈夫暖被窝。关于生养孩子这件事，毛姆的这句话可不是随随便便说的："索菲亚在最初的 11 年间生了 8 个孩子，后来的 15 年间又生了 5 个。"换了别的女人，能做到吗？

我认真地看着索菲亚画的那些画，不是它们有多好看，而是真实和温暖。我不会回避她与丈夫之间激烈的矛盾、争吵，也不会绕过她对托尔斯泰最后出走所应负的责任，但我更试图去理解她。这个世界太不公平了，而对女人的公平尤其亏欠，就像这么多年过去了，还有人在辱骂普希金的妻子娜塔莉亚，而根本不去听普希金说的"我爱你的心灵，胜过你的容貌"。同样，人们更多地看到了托尔斯泰 1910 年 10 月 28 日的日记，而不去看他 1884 年 6 月 17 日那次离家出走后又回来写的："我毕竟心疼她。多亏她才能有个人来管理我们的生活事务，而我却要责备她。这太难了，也太无情，对她无情。"

但，谁也不敢说，他最后的出走还是"对她无情"了。

但，还会有人像高尔基一样，把一碗水端平。罗沙蒙德·巴特利特说：

索菲亚在丈夫去世前一年显得病态多疑情绪失控，这倒是情有可原。她在很大程度上可以得到原谅,因为无论根据哪种说法,她的丈夫都待她不好。他的强处也是他的弱处,他对女性的态度总体而言无足称道。索菲亚不像她的几个女儿一样主张吃素,她也不想放弃金钱和死人财产;她只想保持业已习惯的舒适的生活方式。索菲亚是一个天分很高的女人,但她无私地放弃了自己本来可以继续培养的所有兴趣爱好,为的是接连生育丈夫想要的一个个孩子,同时帮他誊抄手稿。多年来她倾力相助的这个男人自我意识极度膨胀,竟致完全忽略了家人的需求。况且仅仅因为他自己一心思变,就指望妻子乖乖听命于他,去过一种精神上超脱世俗的苦行者似的生活,这也未免有失公允。

八、他什么时候也不应该出走

我在俄罗斯坐火车时总会想到两个人:安娜·卡列尼娜和她的塑造者托尔斯泰。两个人的死,都与火车有关。如今,阿斯塔波沃小火车站改名叫"列夫·托尔斯泰车站"。火车站站长室内桌上的小座钟永远停留在:11月7日6时5分,托尔斯泰去世的时间。托尔斯泰的医生对火车站站长说:

请您——善良的好心人,不必为他难过。这种毫不炫耀、近乎寒酸的最后命运无损于他的伟大。如果他不为我们这些人去受苦受难,那么,列夫·托尔斯泰也就永远不可能像今天这样属于全人类。

一切都如那一天:一束灯光照在两个堆叠的白色方枕头上,上面还有头枕过的小窝。房间里还有一块看不出颜色的桌布、掉瓷的水缸、木椅子，一动不动。还有老人从家里带来的文具箱，里面有象牙的墨水瓶、笔和小玩具，一动不动。还有老人的面部遗像，每根头发和胡须都纤毫毕现，他睡着了……

三年后，在莫斯科的高尔基故居，我看到他与托尔斯泰的合影，又想起那段话：

> 总的来说，列夫·尼古拉耶维奇什么时候也不应该出走。那些在这件事上帮助过他的人们，如能阻止他这样做，那将是一种更明智的行为。托尔斯泰的"出走"缩短了他的寿命，这一生命在他的最后一分钟都是有价值的……

\>托尔斯泰墓

我跟着他望,那颗心是夜的灯

一

这本《人不单靠面包活着》书信集,立着,平放书架,封面冲外。我总要看到它,若说是饿了也不是不可以。但更像一只迷路的狗,在干冷干冷的草地上寻找那块熟悉的从窗户上透出的光。光是骨头。光是敞开的门。光是一幅肖像——佩罗夫为陀思妥耶夫斯基画的:宽大的向后蔓延的额头,使得那些私密性的、坦荡的、痛苦的、思索的、郁闷的陈述和倾诉,都可以在皱纹里找到起点,还有道路的漫长;那双大手交叉着,抱膝,还在与"罪与罚"纠缠;翻领大衣沉重如夜,背景更是暗夜的黑了;再看向深邃、固执的眼睛,直面的仿佛是"群魔",却分明看向了自己,冷静,深刻,毫不留情。

他让我学会自省。

他让我在看到被侮辱与被迫害的人之后,更热爱生活之艰。他让我看到长夜漫漫,也更珍惜绚烂而短暂的白夜笼罩着涅瓦河。他让我想和"地下室人"相撞,而我发现,我时而就是那个从地下室里出来的人,在北京的长安街,在台北的九份山城,在雅尔塔的海滨大道。

我还是和命运下注的赌徒。

二

两次在莫斯科,两次都到特列恰柯夫美术馆,都会在门前的特列恰柯夫雕像前站一会儿。他脸庞消瘦,像个哲学家。他是一个商人。1872年的一天,他给陀思妥耶夫斯基写了一封信,请求他为画家佩罗夫当一回模特儿。作家很是犹豫。一来时间紧,他要写作《群魔》,这小说耗费了他太多的精力;再有就

>莫斯科特列恰柯夫美术馆

是,在美术馆陈列自己的画像对他没有诱惑,他更没想要借助一幅画流芳百世。可是,他又不好意思拒绝特列恰柯夫。他知道,写信的人虽然是个商人,却具有献身艺术的伟大胸怀,是俄罗斯大地上需要的那种具有脊梁的人物。

彼得大帝时期,一批新兴的大商人、实业家逐渐出现,特列恰柯夫家族算是其中之一。特列恰柯夫家族从经营纺织业开始,经过百余年的苦心经营,到19世纪中期,家业兴旺。也就是在这个时候,帕·特列恰柯夫[1]和弟弟谢·特列恰柯夫[2]出现了——兄弟俩都热爱美术,一面经营产业,一面收藏、资助美术事业。与弟弟喜欢欧洲的绘画不同,哥哥帕·特列恰柯夫的兴趣偏重于俄罗斯画家,当收藏略为可观的时候,他就想为后人留下一座为社会所公有的美术馆,这时

---

1. 帕·特列恰柯夫(1832—1898),俄罗斯商人、艺术资助人、收藏家、慈善家,俄罗斯特列恰柯夫美术馆创办人。
2. 谢·特列恰柯夫(1834—1892),俄罗斯艺术资助人、慈善家,俄罗斯特列恰柯夫美术馆创办人。

我跟着他望,那颗心是夜的灯

帕·特列恰柯夫只有28岁。随着藏品的逐渐增多，他有个想法，给俄罗斯的精英人士搞一个画廊，而他想为陀思妥耶夫斯基绘画的念头存在了好多年，在写给画家克拉姆斯柯依的信中说："在我们，也就是我和我妻子的生活中，陀思妥耶夫斯基具有很重要的意义。我个人非常尊敬他，非常崇拜他，正是出于这样的感情，我才一再推迟去拜访他的机会，尽管我在1872年就曾经有过这种荣幸。"

默契就这样达成了。陀思妥耶夫斯基不能无动于衷，尤其是他看过佩罗夫的画，十分欣赏。作家同意为画家做一次模特儿。

安娜·陀思妥耶夫斯卡娅在回忆录中写道："这年冬天，莫斯科著名的美术馆的创立者特列恰柯夫请求我丈夫允许美术馆请人替他画一张像。为此目的，著名画家佩罗夫特意从莫斯科赶来。"

1834年1月2日，瓦西里·格里戈利耶维奇·佩罗夫出生于古老的城市西伯利亚的博尔斯克，是一位男爵的私生子。他从12岁开始学习绘画，1851年正式在莫斯科绘画、雕塑、建筑学校学习，而立之年就成了颇有造诣的美术家。他的作品描绘了当时俄罗斯城乡的悲惨、愚昧、落后，反映了民众强烈的呼声以及对劳动大众的同情，敢于正视丑恶，具有强烈的批判精神。著名诗人涅克拉索夫称佩罗夫为"真

>《送葬》，佩罗夫作品，藏于莫斯科特列恰柯夫美术馆

正的哀悼诗人"。当特列恰柯夫要请他为陀思妥耶夫斯基画像时，他非常激动。他一直把这位大他 10 多岁的作家看作是尊敬的师长。

三

在圣彼得堡的陀思妥耶夫斯基故居博物馆，也许是陈列风格呈现出的黑白电影的怀旧效果，当我看过一张张珍贵的照片、手稿、明信片，躲到一边，慢慢扫视展览大厅时，安娜·陀思妥耶夫斯卡娅回忆录中的片段就连接起来，人物也跟着活了起来：

> 作画之前，佩罗夫连续一星期每天访问我们；画家在费奥多尔·米哈伊洛维奇情绪不同的各种场合碰到他，跟他谈话，挑起争论，得以觉察我丈夫脸上最富有特征的表情，那就是：当费奥多尔·米哈伊洛维奇沉浸在自己的艺术思维时他那特有的神态。可以说，佩罗夫在肖像中抓住了"陀思妥耶夫斯基创作中的瞬间"。我曾多次发觉费奥多尔·米哈伊洛维奇脸上的这种表情，有时候，我走进他的房间，看到他仿佛在"朝着自己望"，于是我就一句话也不说，退了出来。后来我知道，费奥多尔·米哈伊洛维奇当时正在聚精会神地思索，根本没有察觉我进去，而且不相信我去过。

佩罗夫聪明而和善，是一个沟通高手，他有办法打开作家的话匣子，作家也喜欢和他聊天。佩罗夫给特列恰柯夫写信，报告了 4 月底至 5 月上半月给作家画像的情况。一天清晨，佩罗夫踏着一路的雪来到作家的家，好客的女主人热情地迎接他。他进门后，脱去皮大衣，用围巾擦了擦湿漉漉的脸。这时，作家走了出来，两人像老朋友似的,寒暄了几句,还开了玩笑,然后作家便稳稳当当地坐下来。当然,他很不习惯这种静坐。画家开始作画,女主人退了出去,准备茶饮。

佩罗夫沉浸在寂静的观察与勾勒之中:宽阔的前额上,横着皱纹;浅褐色头发梳理得很是平顺,却掩盖不住缺少营养和过于劳累的柔软;眼睛微微低视,平静之下流露出沉郁;鬓角过早地塌陷,使得鼻子挺直,胡子很长,但显得稀疏,不够茂密;一双手紧紧地交叉握着,抱着膝盖……

佩罗夫回忆,自己不是第一次为名人作画,但今天与往常大不相同,他觉得仿佛在同一个谜一般的巨人相处。

遗憾的是,我在故居博物馆没有看到这幅画。

四

又是 8 月,在特列恰柯夫美术馆,我再次站在陀思妥耶夫斯基画像前,由于专注,想更靠近一些,两手不经意地放到下面的桌面上。胖胖的馆员大妈赶紧过来,提醒我把手拿开。桌面是玻璃的,里面是一幅圣像画。我擦了一下手里的汗,离得远了一点,再远一点。我再次回到《送葬》《三驾马车》《镇门的最后一个酒馆》前,看着那么多的风雪、寒冷、黑夜、沉默的无言的脸和漫长的看不见尽头的路,我一下子理解了佩罗夫——他在画陀思妥耶夫斯基时,不是按照

> 《陀思妥耶夫斯基肖像》,佩罗夫作品,藏于莫斯科特列恰柯夫美术馆

自己的意愿来刻画的,而是按照人物本身的样子来描绘的。

我又来到陀思妥耶夫斯基的面前。

那宽广的前额,可以是西伯利亚吗?

那深刻的皱纹,可以是伏尔加河岸吗?

那沉郁的眼睛,可以是涅瓦河深秋的冷水吗?

那宽阔的鼻梁,可以是高加索冬天的一道山梁吗?

再看那双手,紧紧地交叉,抱住膝盖,手背上凸起的血管像一道道山的余脉。

这是一双被沙皇的手铐束缚过的手。

这是在赌桌上不肯离开的手。

这是饥饿的手。

这是为了还债拼命写作的手。

这是抚摸女人的手。

这是送走幼小的孩子又拥抱希望的手。

这是在黑暗中写作的手……

此刻,我看出来:无穷无尽的心绪又奔涌在那伏尔加河上,那些痛苦、失望、期待与幸福,又在西伯利亚的土地上徘徊,涅瓦河的水缓缓地流动,而他在"朝着自己望"时望到了什么?会是波德莱尔说的那样吗:"一切人同时具有两种祈求:一种向往上帝,另一种向往撒旦。"

我又来到克拉姆斯柯依的展厅,站在《旷野中的基督》前。有人说陀思妥耶夫斯基的坐姿,和这幅画中基督的姿势相同。确有相似之处,都是微微低垂的目光,都是两手交叉握在一起,都是画于1872年。也许是创作上的心有灵犀,克拉姆斯柯依在评价佩罗夫的这幅画时,一语中的:"头脑和它坚冰般的苦难"与双手的对比,正是这幅作品中的心理戏剧。是的,佩罗夫的陀思妥耶夫斯基,突出了作家的面孔和双手，且为双手赋予了更多的力量。再看旷野中的基督，赤着的双脚，紧紧贴着大地。

1882年2月5日，陀思妥耶夫斯基去世后不久，克拉姆斯柯依收到了特列恰柯夫的一封信："……大家说了很多，写了很多，但是他们是否真正意识到，这损失有多么大？这是一位伟大的作家，除此之外，还是位热爱祖国的深刻的俄罗斯人，尽管他有各种缺点。他不仅像您正确称呼他的那样，是位圣徒，而且是位预言家，教人为善的师长，他是我们社会的良心。"

五

一天，在蒙蒙细雨中，来到圣彼得堡的涅夫斯基修道院，走进季赫温墓地直接向右走，来到陀思妥耶夫斯基的墓地。在我看向他的眼睛时，我相信，我看到了雨水，也看到了泪水。看着这双眼睛，我好像更理解了他为什么要把这句话写在《卡拉马佐夫兄弟》的第一页：

> 我实实在在地告诉你们：一粒麦子不落在地里死了，仍旧是一粒；若是死了，就结出许多籽粒来。

他死了，以一粒麦子的样子，埋在土里。

离开这里，雨虽然晴了，风还有点湿冷，天空阴沉沉的，隐约可见灰云广覆下的一丝蓝色。从"陀思妥耶夫斯基"地铁站

> 陀思妥耶夫斯基墓地

出来，又看到了他，在两条路的中间。他坐着，还是目光低垂，还是双手抱膝，还是那么沉重——我猛地想起克拉姆斯柯依的《旷野中的基督》。

此刻，他还是朝向自己望，当一个赌徒消失后，群魔也消失了。孩子在。罪与罚，也在。圣徒，还在。

是的，他在朝向自己望。

我跟着他望，那颗心是夜的灯。

> "陀思妥耶夫斯基"地铁站附近的作家雕像

圣彼得堡：一个女人的诅咒及其他

一、改名很任性

遗憾，总是旅行的一部分，而且，还是富有魅力的一部分。遗憾让你耿耿于怀，也就难以忘怀。我在圣彼得堡就是带着若干的遗憾而行。态度端正了，尽收眼底的，一草一木，都不放过。

要么贪婪。

要么走马观花。

诗人菲利普·雅各泰说："日子走在前头，剩下给我的，片刻间就能数得清。"

2015 和 2018 年这两年，都是 8 月，一到圣彼得堡，我就瞪大眼睛——走在涅瓦大街[1]，走在莫伊卡运河河畔，走在伊萨基辅大教堂对面，或是冲着库图佐夫元帅笑一笑之后，或是与叶卡捷琳娜二世[2]一起看着前面之时，或是走出地铁站之际，都要留意周边的建筑，猜想它

---

1. 涅瓦大街，圣彼得堡最繁华最热闹的大街，建于 1710 年，全长 4.5 公里，从涅瓦河边的海军总部一直延伸到亚历山大·涅夫斯基修道院，被称为世界最美的街道之一。果戈理有同名小说《涅瓦大街》。
2. 叶卡捷琳娜二世（1729—1796），俄罗斯罗曼诺夫王朝第十二位沙皇，被后世尊为叶卡捷琳娜大帝，也是俄罗斯历史上唯一一位被冠以"大帝"之名的女皇。她原名叫索薇娅·奥古斯特，出生于一个没落贵族家庭，父亲是普鲁士军队中的一位将军。1744 年，她被俄罗斯女皇伊丽莎白一世挑选为皇位继承人彼得三世的未婚妻，1945 年与彼得结婚并皈依东正教，改名叶卡捷琳娜。1761 年，伊丽莎白女皇逝世，彼得即位，史称彼得三世。1762 年，她率领禁卫军发动政变，推翻彼得三世，登基称帝。

>涅瓦大街

们属于哪个时代。虽然一瞥,却也印象不浅,如用文体形容观感:圣彼得堡——当然是以前那个圣彼得堡的,风格很欧洲,有一定的"史诗性";列宁格勒之后的,品位很苏联,是说明文的"平铺直叙"。

300年多一点,这座城市用过好几个名字,还不是因为遭到外族入侵。有点任性哈。虽然诗人布罗茨基以《一座改名城市的指南》为题讲过,但在时间上却不具体,有必要再说明一下:这座城市始建于1703年,市名源自耶稣的弟子圣徒彼得,1712年彼得大帝迁都到此;1914年,叫彼得格勒,"格勒"是俄语"城市"之意;1924年列宁逝世后,改名为列宁格勒。1991年9月6日,俄罗斯联邦最高苏维埃颁布法令宣布列宁格勒恢复旧名。有意思的是,1992年1月又举行了一次全民投票,大多数人赞同改回圣彼得堡,算是一次人民当家作主了。

行走在这样一个性情多变的城市,看到,就是赚到。

但是,第一次来圣彼得堡,就错过了芬兰车站。

圣彼得堡:一个女人的诅咒及其他

二、芬兰车站前的列宁雕像

我既对芬兰车站好奇,也对车站前耸立着的一座纪念碑感兴趣。当然,我的兴趣缺乏深刻的关注点,但另外三个人物的兴趣,值得重视。

"因为列宁同志是站在一辆装甲车顶上发表演说的。……就我所知,这是全世界仅有的一座为某个站在装甲车上的男人而建的纪念碑"——但愿你听出了一点讽刺——此话,发自 1940 年生于此,却于 1972 年被驱逐出故乡的布罗茨基之口。

>芬兰车站的列宁雕像

美国人艾蒙德·威尔逊[1]著的《到芬兰车站》,封面就是列宁挥手的雕像。列宁抵达芬兰车站前,一路上很是辛苦,一共 30 个流亡人士搭上 4 月 8 日的火车要穿越敌国也就是德国,让一些人惶然不安。"列宁不说一句话,走进车厢,将一个事先坐在里面的乘客——大家怀疑是个密探的——抓住衣领,一下子推到了月台上。"这一细节可以让人感受到小个子列宁同志的力气还是蛮大的。火车前往瑞典,这个小国在 600 多年前总是欺负偌大的俄国,想把涅瓦河变成自己的内陆河。抵达瑞典首都斯德哥尔摩时,瑞典的社会主义代表准备了丰盛

---

1. 艾蒙德·威尔逊(1895—1972),美国作家、文学评论家,他探索了弗洛伊德和马克思主义的主题。

的食物，还为列宁买了一双新鞋子，说他现在是个公众人物了，要注意形象。列宁说："有一件新外套和几件内衣就很够了，这次回俄国又不是要去开裁缝铺。"接着，列宁一行乘坐雪橇从瑞典进入芬兰，可以看到彼得格勒了，"他正处在一个伟大时刻的前夜，人类第一次，手上握着历史哲学的钥匙，要打开历史的锁"。

奥地利作家茨威格在《人类群星闪耀时》里，这样描写这列火车：

> 在这次世界大战中已经发射了几百万发毁灭性的炮弹，这些冲击力极大、摧毁力极强、射程极远的炮弹是由工程师们设计出来的。但是，在近代史上还没有一发炮弹能像这列车似的射得那么遥远，那么命运攸关。此刻，这辆列车载着本世纪最危险、最坚决的革命者从瑞士边境出发，越过整个德国，飞向彼得格勒，要到那里去摧毁时代的秩序。

我曾幻想，抵达圣彼得堡也是乘坐从芬兰始发的列车，到芬兰车站，然后下车就看到列宁。但是，当我在涅瓦河畔围着青铜骑士转了两圈，就忘了不太远的地方，还有一只手向前挥着。我不认为我是转晕了，也不是马比装甲车令人亲近。总之，我坐在骑士身边，迎着阳光，开始揣摩起布罗茨基的另一种心情了。

三、法国雕塑家和青铜骑士

这是一座令人印象深刻的纪念碑，约二十英尺高，是艾蒂安－莫里斯·法尔孔奈最出色的作品，他是由狄德罗和伏尔泰向纪念碑赞助者叶卡捷琳娜大帝推荐的。在从卡累利阿地峡拖来的巨型花岗岩的顶上，高高耸立着彼得大帝[1]，左手驾驭着那匹象征着俄罗斯的后腿直立的骏马，右手伸向北方。

诗人在上面的话里说了五个人物：一个雕塑家，两位哲学家，两位大帝。后四位如雷贯耳，多说惹人烦。

法尔孔奈 1716 年 12 月生于巴黎，堪称一位天才，他把法兰西雕刻的优雅柔美风格推到了顶点，不仅善于刻画青春活脱的肉体，而且同样善于捕捉丰富细腻的情态。41 岁时，他的大理石雕像《浴女》被卢浮宫收藏。法国国王路易十五的情妇蓬帕杜侯爵夫人是他作品的买家。雕塑家和狄德罗、伏尔泰是好朋友，两位哲学家又与叶卡捷琳娜二世有着很深的交情，狄德罗致法尔孔奈的信中说："我们是在和平时期出售绘画和雕像，而叶卡捷琳娜却在一边跟人家打仗，一边不忘收购……科学、艺术、风雅和智慧已经从整个欧洲乃至世界流向了北方大俄罗斯，而蒙昧则挟其相关事物涌到了南方。"1764 年，35 岁的叶卡捷琳娜登基两年了，她想为彼得大帝建造一座纪念碑，一来歌颂彼得大帝的丰功伟绩，二来宣扬沙皇俄国的伟大和强盛，再有，一座雄伟壮丽又艺术精湛的纪念碑，还可以提高自己的声誉和地位。就这样，狄德罗向女沙皇推荐了法尔孔奈，她也相信哲学家的眼光，何况法尔孔奈的要价还比别的雕塑家低了很多。法尔孔奈早就想创作一件宏伟巨作，名留史册，于是 1766 年，他来到了彼得大帝的城市。十年后，这座雕像屹立在涅瓦河畔，又因普希金的长诗《青铜骑士》闻名于世。有人说，彼得大帝手指的方向是瑞典，而在瑞典有一尊查理十二世国王骑马的雕像，手指的方向则是俄罗斯，两个对手都成了艺

---

1. 彼得大帝（1672—1725），史称彼得一世，后世尊其为彼得大帝，是俄罗斯罗曼诺夫王朝第五位沙皇、俄罗斯帝国首位皇帝。他于1682年继位，1689年亲政，1697年派遣使团前往欧洲学习先进技术，本人则化名彼得·米哈伊洛夫下士随团前往。1721年他在与瑞典进行的战争中获胜，被俄罗斯元老院授予"全俄罗斯皇帝"的头衔。

术品，还在互指对方的鼻子，倒也有趣。

我第二次来看青铜骑士，已是暮色时分，我学着彼得大帝的姿势挥动手臂，不能不想到查理十二世，对峙之间，永远堆积着利益的炮火，而和平年代没有硝烟的对抗，只不过是将更重型的火力变换了多种形式而已。看吧，这个世界上，雕像的手臂越是举高，地下越是一地鸡毛。我也不能不想到芬兰车站的那座雕像。但是，真没想到那天前往的途中，半途而废了。得承认，走不动了，早起坐地铁转中巴，去列宾庄园，过了中午才在一家土库曼斯坦风味的餐厅填饱肚子，接着就一路步行过了两条大河去找夏里亚宾[1]的故居，一直在走。可是又得承认，过几天在雅尔塔，还是傍晚，还是走不动了，但还是从海滨大道一直向西，找到了高尔基雕像，再往西去看契诃夫雕像。黑海喧哗，远远望去，越远越蓝。

> 青铜骑士，即彼得大帝纪念碑（范行军摄）

四、一个女人的诅咒和两位旅行家

流亡的布罗茨基到过世界许多地方，但只为四个城市著文，写得

---

1. 夏里亚宾（1873—1938），俄罗斯男低音歌唱家，被誉为世界低音之王。1935年，歌唱家曾来中国做旅行演出，在哈尔滨、上海、北京和天津举行了独唱音乐会。1938年，歌唱家在巴黎去世，46年后，他的遗骸从巴黎迁葬到莫斯科新圣女公墓。

最好的当然还是那篇"指南":

> 俄罗斯是一个非常大陆性的国家;其地块占世界天空的六分之一。在这块土地边缘建造一座城市,甚至更进一步,宣布它是国家首都,这个想法被彼得一世的同代人视为至少是失策的。俄罗斯本身那个子宫般温暖的,且传统得近乎怪癖的,患幽闭恐惧症的世界,在波罗的海的彻骨寒风中发抖。彼得改革的反对之声是令人生畏的,尤其是涅瓦河三角洲的土地实在糟糕。它们是低地和沼泽;而为了在它们上面建设,地面必须加固。附近有大量木材,但没有伐木的志愿者,更别说把木头打进地里了。

上面这段描述是为了衬托彼得大帝的战略眼光:"彼得有他的远见,而且是不止于这座城市的远见:他看到俄罗斯把脸转向世界。在他的时代脉络里,这意味着西方,而这座城市注定要成为——用当时访问俄罗斯的一位欧洲作家的话——开向欧洲的窗口。"遗憾的是,诗人略去了这位作家的名字,不应该。

开向欧洲的窗口——来自1739年意大利旅行家弗朗西斯科·阿尔加罗蒂伯爵《关于俄罗斯的信件》中,自此,它成为描述圣彼得堡的最贴切的句式。这位旅行家还说,"实际上,彼得想要一个大门,并且要它半掩着"。这话倒也形象。不管怎么说,身高两米多的彼得没有祖上对欧洲的自卑心理,也不想总是模仿欧洲。

"他要让俄罗斯成为欧洲。"布罗茨基这话说得极为准确。

在彼得要塞,在彼得小屋,在波罗的海岸边迎着从海面吹过来的风,我都尝试着用"开向欧洲的窗口"来理解彼得大帝。但是,理解了君主,就不能理解青铜骑士的马蹄踩在苦役者的胸口。辉煌的历史之下必有流血的呻吟。布罗茨基也不得不在称道了彼得大帝之后,垂

下目光,审视俄罗斯那些卑微的身影:

> 实际上,这座城市与其说是坐落在被建筑工人打入地下的木桩上,不如说是坐落在建筑工人的骨头上。在某种程度上,旧世界任何其他地方也差不多如此;但话说回来,历史会小心照料不愉快的记忆。圣彼得堡碰巧太年轻了,不足以建立安慰人的神话学;每逢天灾人祸发生,你便可以在人群中发现一张脸,苍白,好像饿极了,看不出年龄,眼睛深陷,呈白色,一动不动,并听到一声低语:"我说呀,这地方受了诅咒!"

这里,布罗茨基再次省略了一个细节:"诅咒"是谁发出的?

彼得是一个自学成才的青年。他喜欢一切由自己做主,独出心裁,没人拦得住,包括女人。1695年的一天,他的眼睛盯着俄国地图上的一块蛮荒之地,确定要在那里建造一座港口,可以打通到欧洲之路。于是好好准备了一番,他就带上人马出去考察了,到了荷兰、英国、奥地利,反正是走了一大圈,边走边看边琢磨,在脑子里勾画城市的草图。他总在外面漂着,拈花惹草是免不了的,可妻子叶芙朵基雅只能独守空房,即使回来了,也很少和妻子照面。他的心思在别处。可老是这样也不是个事儿,也许是鬼迷心窍,他希望妻子出家。妻子正是貌美年华,岂甘枯坐清寂?夫妻俩从讨论到争辩最后到吵架。一次,彼得一怒

> 彼得大帝雕像,圣彼得堡

圣彼得堡:一个女人的诅咒及其他

之下，当着大臣的面打了妻子，局面难以收拾。几天后，一支秘密车队将叶芙朵基雅送入苏兹达尔修道院。被废黜了一切的女人指天发誓："沙皇贪天之功，天自会把他僭夺的财富追讨回来，这座城市也将夷为平地。"这就是那句诅咒。

诅咒之下，彼得还是我行我素。1709年，彼得遇到了可心的女人叶卡捷琳娜，1710年11月秘密地娶了她，又在1712年2月正式举行了隆重的婚礼。叶卡捷琳娜，这位农家女正式变成了未来的女沙皇，尽管没有加冕。两人感情甚好，丈夫每次出巡，妻子都陪伴在侧，即使贴地而眠，也是相亲相爱。叶卡捷琳娜为丈夫生了很多孩子，遗憾的是只有两个活到了成年，其中之一就是沙皇彼得三世的母亲伊丽莎白，她在1741—1762年成为女皇。伊丽莎白为自己建筑的宫殿就是俗称的"冬宫"，可惜她还没有住进去就死了。

青铜骑士守望在涅瓦河畔，看着潮涨潮落，心急如焚，他的后人渐渐失去了胆略，越来越不自信了，也就越来越故步自封。

居斯蒂纳侯爵是一位旅行家，生于1790年，他二十出头去了瑞士、意大利，三十出头又到了英国和苏格兰。他奉行的旅行原则就是

> 冬宫广场和亚历山大纪念柱

"看见才会知道"。1839年7月14日,居斯蒂纳抵达涅瓦河畔,次日受到皇帝的接见。

皇后先开口:"我希望你好好多看看。"

居斯蒂纳说:"陛下的希望是对我的一种鼓励。"

尼古拉一世这时才说:"您若觉得好,您就说,但是说了也没用,大家不会相信您的。我们被人误解,人家也不愿意更好地了解我们。"

显然,尼古拉一世希望这个被巴尔扎克赞誉为"旅行家典范"的人物能向欧洲多多美言俄国,就像后来的斯大林希望纪德多多美言苏维埃的成就。居斯蒂纳的《俄罗斯在1839年》与托克维尔的《论美国民主》几乎一起出版,旅行家在书的最后是这样说的:

> 当您的儿子在法国感到不满意,请使用我的药方,对他说到俄罗斯去。这是一次对任何外国人都有益的旅行。哪个人看到过这个国家,以后住到任何其他地方都会感到满意。

1839年这段话,今天的俄罗斯人大可一笑了之。以我不多的旅行

经历来看，这里总是来过还想再来的地方。在这里，可以从博物馆的色彩斑斓中经历蛮荒和黑暗，可以从湛蓝的天空上看到地中海的蓝。这里，枪杀诗人的枪口掉头抗击侵略者，这里把最好的诗人驱逐出境又希望骨灰归来。这里的夜是黑的，又有着很长时间的白夜。这里的石头坚硬而冰凉，建筑却涂上淡蓝和浅黄。这里的男人为异乡人指路

> 从伊萨基辅大教堂俯瞰涅瓦河（范行军摄）

像对情人一样耐心。这里，博物馆、美术馆、名人故居的馆员大妈花枝乱颤。这里的琥珀很漂亮，这里的地铁站不容易找到洗手间。这里的超市半夜不卖酒。这里的马戏和芭蕾舞同一时间上演。这里的诗人太多。这里，屠格涅夫、陀思妥耶夫斯基、柴可夫斯基、希施金、勃洛克的墓地，比奢侈品店更吸引心灵。这里的天际线，都是被制定、被规划、被指挥——缺少灵活和弹性。这里呆板、僵硬，运河水通向大海，也通向乡愁。

圣彼得堡，是将我的时间变慢的城市。它为我备下迷宫，也为我备下道路。距它最远时，拉斯科尔尼可夫[1]的斧头就在眼前；离它最近时，听得到纤夫的叹息。

而且，我相信，圣彼得堡比我更清晰地刻印下了曼德尔斯塔姆[2]写于1931年1月的诗：

> 主啊，帮帮我，度过今夜。
> 我担忧我的生命——你的奴隶。

---

1. 拉斯科尔尼可夫，陀思妥耶夫斯基的小说《罪与罚》主人公，是一个贫穷的大学生，用斧头砍死了放高利贷的老太婆，最后投案自首。
2. 曼德尔斯塔姆（1891—1938），俄罗斯"白银时代"著名诗人，"阿克梅派"重要诗人之一。在20世纪30年代两次被捕，长年流放，后死于集中营，至今不知葬于何处。

> 彼得罗夫宫，圣彼得堡

圣彼得堡：一个女人的诅咒及其他

活在彼得堡就像睡在棺材里。

五、没有布罗茨基的圣彼得堡

一个阳光明亮的上午,在彼得夏宫,我惊讶地看到一处水塘边长着一大片芦苇。刹那间,我仿佛看到了童年的河流,两岸也长着这样的芦苇,秋天过后,在风中摇动着芦花如雪。这时,我的《与海明威一起出海》的出版人尹岩女士,请我吃冰淇淋,她让我放心大胆地品尝一次俄罗斯的乳制品。的确,奶味特足,绵软香爽。于是,我一边咬着冰淇淋,一边走向海边。海面上过来的风吹乱了头发。我眯缝着眼远望。我想找到瑞典北方那个城市的方向,还有威尼斯的方向。

我看到了那个男人。

布罗茨基。

他额头宽大,目光冷峻,高挺的鼻子,下巴有力像犁铧,法令纹虽不是陀思妥耶夫斯基的两道沟壑,也往下延伸出了俄罗斯知识分子的传统深刻。但此刻,这张脸像波罗的海一样平和,就像他又要远游时的心情。在他生命的后期,在美国,在瑞典,在意大利,他漫步有水的河岸、徜徉海鸥飞翔的海边,有意无意地让目光在与故乡城市相似的地方流连。

我想,他即使抱怨天气寒冷或者天黑得太早,嘴里吐出的也是俄语。

他写诗,也一定要用俄语。对于这位回不去母语故乡的诗人,苏珊·桑塔格[1]说:

家是俄语。不再是俄罗斯。……因此,他在别处——这里——

---

1. 苏珊·桑塔格(1933—2004),美国著名的女作家、艺术评论家,被誉为"美国公众的良心"。

度过他大部分的成人生活。俄罗斯是他的思想和才能中一切最微妙、最大胆、最富饶和最教条的东西的来源，而它竟成为他出于骄傲、出于愤怒、出于焦虑而不能回去也不想回去的伟大的别处。

"对我而言，我想，俄语就够了。"他在《逃离拜占庭》中也说。

我吃完了冰淇淋，蹲下来把那小小的木片放到水上，它慢悠悠地漂走了。我捡了一个薄石片，使劲向水面甩过去，这个水漂打得一点不漂亮，眼看着它再也跳不起来，沉入水下。

> 我甚至不想离开俄国，我是被强迫的。我当时给勃列日涅夫写过信，让他们最好能允许我参加祖国的文学进程，哪怕是做个译者也行。可是他们不允许。

1972年6月4日，32岁的诗人被驱逐出境。15年后的1987年，他获得诺贝尔文学奖。

1996年1月28日上午9点，在美国纽约，诗人的妻子发现他躺在书房的地板上，戴着眼镜，脸上带着微笑。他走了。次日，正在美国访问的俄联邦总理切尔诺梅尔金来到诗人的灵堂，为了"向伟大的诗人还债"。时任俄罗斯总统叶利钦向诗人的遗孀发来唁电："……连接俄罗斯当代诗歌和过去伟大诗人作品的纽带断裂了。"

1997年6月21日，意大利威尼斯圣米凯莱墓地成了诗人的安息地。

加缪，有一篇献给故乡阿尔及尔的美文《没有过去的城市之小指南》："至少我可以说它是我的真正的祖国，在世界上任何地方，我从那里抓住了我的笑声，认出了它的儿子和我的兄弟。"那么，还在故乡之外的布罗茨基，一定也在想念他的前辈与兄弟姐妹，还有老师：那是普希金、勃洛克、曼德施塔姆、阿赫玛托娃、茨维塔耶娃……

> 青年布罗茨基

当我第二次来到圣彼得堡，站在布罗茨基故居的楼下，再从前门绕到后院，都无法靠近诗人的"一个半房间"——别说我了，就是诗人魂归故里，也是无家门可入。我敢说，没有诗人的圣彼得堡，永远有着冷酷残忍的一面，也注定有着孤独的漫漫长夜。辜负诗人的城市，表面越是光鲜，越是无法遮盖始终都在的"罪与罚"。为何，众多的河流迂回婉转也没有给这座城市带来柔情？果戈理老早就说"涅瓦大街老是在撒谎"，这话同样适应这座城市——我否认，这不是一个异乡人的苛刻。千里迢迢来到这里，我怎能是一个局外人？我觉得，当初，把诗人赶出家门的是列宁格勒，而我，也是它的一员。

我背不动整个历史，但属于我的那一部分，我扛。

这天夜里打开了窗户睡觉，梦乡遭到蚊子偷袭，凌晨3点多，一个打挺翻身起来，蹦蹦跳跳，打死6个，留下3具蚊尸，闭灯前数了一下，腿上有5个红包。之后，我带上这5个鲜明的印记行走在俄罗斯，我想这也属于我要扛的一小部分。

玫瑰花开了，而醋栗还没有成熟

一、在契诃夫墓地

2015年8月的一天下午。细雨蒙蒙。莫斯科新圣女公墓[1]。

在契诃夫墓地。

我的怀念不在这里。这里是我思考的起点，像关于幸福："幸福是没有的，也不应当有。如果生活有意义和目标，那么这个意义和目标

> 契诃夫墓地

---

1. 新圣女公墓，始建于16世纪，位于莫斯科城的西南部，起初是教会上层人物和贵族的安息之地。19世纪，新圣女公墓才成为俄罗斯著名知识分子和各界名流的最后归宿。该公墓占地7.5公顷，安葬着2.6万多位俄罗斯各个历史时期的名人，是欧洲三大公墓之一。

就断然不是我们的幸福,而是比这更合理、更伟大的东西。"像关于病态的社会:"这儿主要的角色是魔鬼,一切事都是为他做的。"像关于爱:"所有那些妨碍我们相爱的东西是多么不必要,多么渺小,多么虚妄啊。"

此前,这块墓地深刻于心,我还是紧紧盯着,生怕错过每一个细节,哪怕是上面的雨滴,一丝暗影,落在发黑的泥土上的花瓣。墓碑一人多高,不像立在这里,而是从地下长出来的,带着土的湿意。它是白色的。它是正面宽两面稍窄的四棱大理石柱,往上状似竹笋,再上是一个黑铁屋顶,顶上向上竖立着三根铁矛——铁矛上是三个小十字架——这寓意着什么呢?墓碑上方镶嵌一块镂刻的青铜板,上面是些花纹,中间看起来像是一个大大的俄文字母,中间的"T"里面刻着耶稣受难——不仔细看是看不出来的。下面是几条简单的海浪——我猜,海浪花纹寓意莫斯科艺术剧院的幕布,契诃夫的《海鸥》在此上演大获成功,而浪花象征着伏尔加河。墓地不大,四周用黑色铁条盘成围栏。墓地还安葬了两个人:最左面的是契诃夫的父亲,中间是他的妻子克尼碧尔。她的墓碑平卧地面,干净,谦虚,安静,几行凸起的俄罗斯文字,立在大理石上。一样的白色。

我看着克尼碧尔的墓碑,想到另一个女人。

二、玫瑰花开了,而醋栗还没有成熟

米奇诺娃生于1870年,比契诃夫小10岁,是契诃夫的妹妹玛莎所任教中学的同事。米奇诺娃是个大美女。玛莎说她:"五官端端正正,灰眼睛妩媚动人,烟色头发松软光洁,两道眉毛乌黑乌黑的,看上去十分迷人。她的美貌太引人注目了,谁遇见她都会看得出神。"米奇诺娃也颇有才华,懂法文、德文和英文,还有一副好嗓子,立志要当演员。

1890年3月的一天，米奇诺娃第一次去了契诃夫的家，相当有趣。玛莎和米奇诺娃一起走进家，让女友在客厅里等她一下，这之后她的弟弟正好顺着楼梯往下走，看见了米奇诺娃，他没吱声，走进哥哥的房间，向哥哥说家里来了个漂亮的姑娘。契诃夫站起来走出门去，穿过客厅上楼了，弟弟也跟了上去。不一会儿，兄弟两个又先后下楼，然后再穿过客厅上楼。这样来来回回好几趟，就是为了好好看一下大美女。也难怪，腼腆的米奇诺娃是用大衣的领子半遮着脸蛋的。事后，米奇诺娃对玛莎谈起第一次到她家的印象："你们家里的男人好多呀，他们一直不停地上楼下楼。"

>左三为米奇诺娃，她右边是契诃夫妹妹玛莎

不久，契诃夫离开莫斯科前往萨哈林岛（库页岛）远游，米奇诺娃去火车站送行。1891年1月9日，她向契诃夫发出了第一封信，两天之后他就回信了，愉快而幽默，针对来信"大概已经吃过五顿午饭和晚饭"，回答"已经吃了十四次午饭和晚饭"。当然，作家识破了中学教师信中的试探，含蓄又夸张地说"再会了，我心灵的杀手"，落款"您的著名作家"。很快，她发来第二封信，"愿您再吃二十八次饭，这样您就全年不饿了"；他依然很快回信，到了5月17日，便坠入情网，

玫瑰花开了，而醋栗还没有成熟   67

唤她"金子般的、珍珠般的和天鹅般的丽卡"和"地狱般的美女"。而这时,美女放弃了著名作家,与列维坦[1]热恋上了。

米奇诺娃的眼光十分了得,牵手就是俄罗斯著名的风景画家。列维坦与契诃夫有着男人之间剪不断理还乱的关系。1892年,列维坦觉得朋友的小说《跳来跳去的女人》里的画家就是影射自己,当场与契诃夫翻脸,三年后才重归于好。后来又不满《海鸥》里也有他的影子。1899年底圣诞节期间,列维坦来到雅尔塔的契诃夫家做客,契诃夫说十分怀念俄罗斯中部的故乡景色,坐在壁炉前的列维坦就让玛莎去取一张硬纸来。纸拿来了,画家裁下一块像壁炉龛那样大小的纸,贴在炉龛上,接着拿出颜料就画起来。他只用了大约半个小时就画成了:画的是田野上的草垛,背景是割草季节的月夜,远处是树林。这幅《月夜里的干草垛》从此永久地留在了那里。

米奇诺娃,这个"地狱般的美女"之所以"脚踏两只船",也许是看出契诃夫并不急于结婚,这恋情不太靠谱。可怜的契诃夫被打乱了阵脚,连连发信给美女,姿态不能再低了,"我像一只老虎那样热爱着您,我向您求婚",还在一封信的末尾画上"穿心之箭",恳请美女来家做客。单相思持续升温,到1892年的3月27日,契诃夫发出"严寒在我庭院里"的痛苦之声,也写出了所有情信中最为动情的一句:"丽卡,我热烈地爱着的,不是你。在你身上我爱着我过去的痛苦和逝去的青春。"两天后又写了一封,期望女神前来探望,哪怕是一次谎言,"丽卡,骗骗我们吧",期盼之心溢于言

>米奇诺娃

---

1. 列维坦(1860—1900),俄罗斯著名的风景画家,代表作有《弗拉基米尔之路》《墓地上空》等。

表,更是留下了这句深刻的哲理:"欺骗要比冷漠好。"之后,再一次低三下四,"从头到脚都属于您的,全身心都属于您的,直到死都属于您的,爱你爱到忘我,爱到发狂的安东"。可见,契诃夫真的掏心窝子了。米奇诺娃可算来了,她应该是被感动了。不过,她与列维坦的浪漫史也恰好结束——巧合吗?总之,她的恋爱又有了档期。

自此,米奇诺娃完全扭转了自己身为中学老师与著名作家谈情说爱的被动。当然,她的"俄罗斯童话里'天鹅公主'的化身"之美貌,杀伤力巨大。契诃夫也承认,"我永远不会成为托尔斯泰主义者,对于女人,我首先欣赏她的美貌"。很显然,他道出了很多男人的心里话——情愿倒在美女的石榴裙下。米奇诺娃机敏,有心机,时刻留意契诃夫身边的女人。当她发现还有靓女对契诃夫怀有爱慕,马上产生危机感,转而放下身段,"我非常忧伤,也非常想见到您",还承认了此前之任性,"我当时太耍小孩子脾气了,这也让我感到痛苦",并邀请契诃夫一起旅行。而这一边,契诃夫一看情势见涨,便置之不理,竟三个月不回信。好不容易回了一封,又以霍乱流行为借口婉拒了"可爱的小甜瓜"。之后,两人的书信往来中不时暗藏心机,斗着心眼儿。

总之,两人每当一方站得上风,另一方立马放低姿态。看,米奇诺娃一想到契诃夫又一个多月不回信了,于1892年10月8日发出火辣辣的热情:"我要燃烧生活,您来帮我快快地把它燃烧起来,因为越快越好。您曾经说过,你喜欢浪漫的女人,那么你与我在一起不会感到枯燥的……我大概就要死了,啊,你救救我吧,到我身边来吧。"于是,两人感情又升温了。时冷时热的关系得以维持,是两人谁也不想跨出决定性的一步:结合,还是分手,都是一个问题。这种"不确定性"终于导致米奇诺娃的再次出轨。1893年秋,她与有妇之夫的剧作家帕塔宾科热络起来——这是一个意外,契诃夫忽略了一个情节:有一段时间，米奇诺娃与帕塔宾科常常一起到他在梅里霍沃的别墅来做客。

梅里霍沃位于莫斯科南部，大约有 75 公里。1892 年 3 月 4 日，契诃夫在得到两处抵押和出版商预付的版税后，在此买下了一座大房子。他很开心，在给哥哥的信中签名处加上了房主的头衔。客人太多了，有的属于不速之客，为了不影响创作，他又在别墅旁边为自己盖了一个"人"字形的小木屋——我想象契诃夫墓碑上面的造型来自这里——他在小木屋完成了很多重要的作品：《第六病室》《脖子上的安娜》《带阁楼的房子》《我的一生》《套中人》《农民》，还有话剧《海鸥》。1897 年，契诃夫在别墅拍了一张照片：戴着黑色礼帽，两眼有神，一件灰色的大衣敞开了怀，显得腰身挺拔，左手插在兜里，酷极了。这个时候的契诃夫是否想到了 1893 年那些美丽的夜晚，米奇诺娃边弹琴边唱歌，转身就对他做了"狠心的背叛者"，悍然与帕塔宾科出走巴黎，后果就是，她在异国他乡怀孕了，并遭抛弃。一时间，她崩溃了，又念旧好，请求契诃夫"给我写信！……因为太寂寞了"。1894 年 9 月 18 日，契诃夫回信表

> 梅里霍沃庄园，契诃夫的小木屋

> 契诃夫在梅里霍沃庄园

示自己身体不好，不断地咳嗽，接着写下一句非常重要的话："很显然，我错失了健康，就像错失了您。"很明显，契诃夫看淡了两人的关系。两个月后，米奇诺娃的女儿出生了。

1894年12月15日，米奇诺娃在巴黎向契诃夫倾诉了"寂寞，忧伤，郁闷"以及"潮湿，阴冷，陌生"，真情吐露："为了能够不知不觉地出现在梅里霍沃庄园，坐在您的沙发上，和您聊上十分钟，与您共进晚餐，以至于觉得整个这一年像是什么也没有发生过，我好像从来没有离开过俄罗斯，好像一切还是原来那个样子，如果能够这样，我愿意牺牲我一半的生命！"可以说，在所有米奇诺娃写给契诃夫的信中，这一封最为真挚，感人至深。遗憾的是，这封信发生在她又与一个男人的恋情失败之后。半年很快过去，她回到莫斯科，不再怠慢，去看了契诃夫。也就在1895年5月，契诃夫开始创作《海鸥》，主人公妮娜就是以这个"跳来跳去的女人"为原型。这一年他还创作了抒情浓郁的小说《带阁楼的房子》。不久，两人修复旧恨，恋情复

> 梅里霍沃庄园

燃，但彼此的书信已经很少再有先前的热情、风趣、逗哏和意味深长。也许，正如契诃夫说的吧："玫瑰花开了，而醋栗还没有成熟。"

三、《海鸥》首演惨遭失败

那天是 8 月 18 日，下午 5 点多钟，我站在了圣彼得堡的亚历山大德里娜剧院前面。剧院位于奥斯特洛夫斯基广场中心，是俄罗斯最古老的剧院之一，1832 年由意大利建筑师罗西设计，以尼古拉一世皇妃的名字亚历山大德里娜命名，苏联时期被改名为"普希金戏剧院"，现在又恢复了旧名。剧院建筑是气势磅礴的古典式，正面六根白色的柯林特圆柱挺拔高耸，上面是驾驭战马车辆的音乐之神阿波罗的塑像，气势奔放。我站在这里，就离契诃夫又近一步。但是，我只能看着它，发怔了片刻，就离开了。往前走，前面广场的花园正中间坐落着建于 1873 年的叶卡捷琳娜二世雕像，女皇高高在上，身披斗篷，手握权杖，扬着头颅，威武而高大。但她还是挡不住契诃夫的身影。我频频回望剧院，逆光中的阿波罗在蓝天的映衬下，剪影孤独。

1896 年 10 月 17 日的夜晚，涅瓦大街上的契诃夫更孤独。

那一晚，《海鸥》在此首演惨遭失败。

10 月 12 日时，契诃夫就预感不好，给玛莎写信，劝妹妹不必动身来看话剧了："……《海鸥》排演得很乏味。彼得堡寂寞无聊，演剧季节 11 月份才开始。所有的人都怒气冲冲、浅薄、虚伪……演出不会轰动，只会令人皱眉。总之，我心绪不佳。"但是，玛莎还是从莫斯科乘夜车于 17 日早上来了。米奇诺娃 16 日就到了这里，《海鸥》首演，让她很激动。还有一个情况就是，在巴黎把她抛弃的那位剧作家帕塔宾科和妻子也要来剧院看戏，也可能剧作家想从戏里看出与米奇诺娃的那段恋情吧。玛莎陪着米奇诺娃逛了一整天，夜幕降临时两人坐在了剧院。剧院里坐满了观众,可是玛莎知道,这里的观众"迂腐守旧,衣饰华丽,态度冷淡",她越看心里越不安。玛莎的回忆是可信的——第一幕开始不久,观众就不是认真看戏,后来有人竟然喝起倒彩,最后剧场里全乱了。两个女人一直熬到剧终。回到旅馆,心情沮丧,不说一句话,等着契诃夫回来吃晚饭,这是他们早上说好的。但是契诃夫没有来。其实,契诃夫看到第二幕时就躲到一位女演员的化妆室,演出一结束就赶紧溜走了。他在涅瓦大街上徘徊了很长时间,不知道要去哪里,直到凌晨两点多钟才跑到出版商苏沃林家里。他发誓再也不写剧本了,永远也不再写剧本了,即使再活七百年。

祸不单行。11月的一天,米奇诺娃的两岁女儿患肺炎去世,这影响了两人刚刚燃起的热情,而《海鸥》的惨败在玛莎看来,给哥哥"精神上带来的苦痛就更大了,毫无疑问,他的健康状况因此而急转直下",仅仅过去几个月,契诃夫就肺出血,住进医院。

四、她最后还是没有成为契诃夫的海鸥

一年多以后,契诃夫在信中婉拒了米奇诺娃求婚的暗示。原因之一:1898年9月9日,契诃夫到莫斯科艺术剧院去看《海鸥》彩排,与女演员克尼碧尔一见钟情;9月21日,他致米奇诺娃的信中毫不隐讳"女演员很可爱","如果我再在那里待上一段时间,我要失去理智。年岁越大,生命的脉搏在我身上跳动得就越加有力"。其时,他才38岁。米奇诺娃预感不妙,10月11日给契诃夫写信,把柴可夫斯基的一个浪漫曲的歌词抄写在自己照片的背面:"我的全部思想、感情、歌声和力量,都是属于你的!!!"——但这一切,都晚了。

1898年12月17日,《海鸥》在莫斯科艺术剧院首演,大获成功。1900年1月29日,契诃夫给米奇诺娃写了最后一封信,"无论是在书

信中,还是在生活中,您都是一个非常有情趣的女人。紧握您的手"。两人九年之恋到此结束。1901年5月25日,契诃夫与克尼碧尔结婚。次年,米奇诺娃嫁给了莫斯科艺术剧院的导演沙宁。

当我在雅尔塔的契诃夫故居看到列维坦的《月夜里的干草垛》,并不吃惊,但米奇诺娃的一张漂亮照片,还是让我在她面前停留了一会儿。契诃夫还是忘不了她。

九年的恋爱长跑除了审美疲劳,还交织着两人太多的猜忌、任性、不理解和意气用事。如果分摊责任,自然女方要多,尤其两次"不忠"无法在男方心里抹去阴影,而一旦心里有了可替换的对象,一定是快刀斩乱麻。其实,米奇诺娃如果再忍耐一些,她就是契诃夫的海鸥了。

米奇诺娃对契诃夫的爱情太缺少耐心了,而对荣誉又过于看重——希望契诃夫是原谅了她的。更何况,她的出现"唤起了契诃夫创作的愿望和激情"。除了《海鸥》中的妮娜,还有《带阁楼的房子》《牵小狗的女人》……都有这位美人的影子。即使没有,契诃夫在与米奇诺娃相恋的九年里写下了很多著名小说,却是毋庸置疑的。而他写给她的情书,无疑也是契诃夫文学的一部分。

米奇诺娃多次看过《海鸥》,每次都激动不已。后来,玛莎还陪着她到莫斯科艺术剧院看过一次,并把情景告诉了契诃夫:"在剧院里她哭了,可能那许许多多的往事又一幕幕地出现在她的眼前了吧……"

1904年6月8日,契诃夫与克尼碧尔一起来到德国和瑞士交界的巴登威勒疗养。夫妻俩很恩爱,自1899年6月至1904年4月,写了851封信。在疗养区,两人一起散

>契诃夫与妻子克尼碧尔

步,他给她讲故事,她耐心地听着。7月2日夜里0点15分,他突然感到呼吸困难,对赶来的医生用德语平静地说:"医生,我要死了……"后来,喝了医生递给他的香槟酒,克尼碧尔看着丈夫,"静静地朝左侧躺下,不一会儿就永远沉默了……"

玛莎在回忆录里写道:"他在生活和文学创作中,总喜欢简单明了。他的死也是那样平静,那样简单……"

7月9日,契诃夫的灵柩到达莫斯科,送葬者人山人海,从火车站到新圣女公墓,一路上人们都是用手抬着伟大的作家。当灵柩缓缓放入墓穴时,高尔基、夏里亚宾与众人一起唱起送丧歌:"永垂不朽……"

这天下午,米奇诺娃到契诃夫家中吊唁,穿着一身黑衣裳,在窗边默默地站了大约两个小时。玛莎想与她说话,"可是她一句话也不回答……想必,她经过的往事又都回到了她的眼前吧"。

1939年2月5日,米奇诺娃在巴黎去世。

1959年5月22日,克尼碧尔在莫斯科去世。

五、要懂得背得起十字架来

2018年8月8日,我再次来到契诃夫墓地,想到很多,自然也会想到《海鸥》的那段台词:

> 妮娜:……我现在才知道,才懂得,在我们的职业中——不管是演戏还是写作,重要的不是光荣,也不是名声,也不是我曾梦想过的那些东西。重要的是善于忍耐。要懂得背得起十字架来,要有信心。我有信心,所以就不那么痛苦了,而当我一想到自己的使命,我也就不再害怕生活了。

海鸥，在飞。

如果你漫步到了莫斯科艺术剧院，就会看到剧院的门楣上，那里飞着一只永远的海鸥。

几天后，在克里米亚半岛的南部海岸，从契诃夫故居走到黑海边，我的眼睛在波涛之上追随着一只只海鸥，它们飞来飞去，但不管飞到哪里，总有一双翅膀，在风中，在黑暗中，在电闪雷鸣中，代表了信仰和爱情……

>作者在里瓦几亚宫山间远望黑海

伏尔加河从灵魂里流过

一、身边的芦苇与远方的河流

2015年8月的一天，下午两点多，飞机从北京飞往莫斯科。乘客很快安静下来，看书，看电影，听音乐，后来大多都睡着了，或是昏昏欲睡。我发现，在最放松的时候，有的人的睡姿，还是道貌岸然。我不敢睡，七个多小时飞行的后半程，好几次到飞机尾部的食品配送室，和空姐聊聊天，她们会为我冲一杯咖啡，或是茶。我不喝饮料。我回到座位就盯着下面，寻找闪亮的蜿蜒的河流。我把看见的每一条河都看成伏尔加河。我知道这不对，却也认可了这种偏执。

在我的精神简史里，伏尔加河教我认识并理解了苦难，以及如何面对现实。

最早，我对河的认识，来自

>国际空间站拍摄的伏尔加河

一条叫"大坝"的运河。

我有十年的乡下生活,大坝,一次在家北,两次在家南——三次搬家,都没有远离河。河水淘洗着我学过的每一个名词和动词。大坝自东向西,通过很多个闸门,将辽河水引入,再通过很多小闸门,将水灌溉到两岸的稻田。每当上游的大闸开闸放水,河水犹如猛兽,滚滚而来,将岸边的芦苇冲得弯弯的。水涨得很高了,水势减缓,水也慢慢地清亮了。

我在河里学会了游泳。

如果不是连环画《在人间》,在这条河里,我可能只会游泳,后来又钓鱼。

64 有时,在有月光的夜里,人们都睡熟了,厨师和高尔基还在甲板上,谈论着人生。

65 他们欣赏着河上的风景,岸上传来姑娘们的歌声,隐约看得见她们正在跳舞。

>高尔基《在人间》连环画

有时,在有月光的夜里,人们都睡熟了,厨师和高尔基还在甲板上,谈论着人生。

"谈论着人生"让我苦闷。高尔基"在人间"时11岁,而我比他都大一岁了,还没想过"人生"。也许,所谓的人生只能出现在那样的伏尔加河,那样的月夜:

>他们欣赏着河上的风景,岸上传来姑娘们的歌声,隐约看得见她们正在跳舞。

我想到了身边的河。河水总有很浅的时候,不一定哪天下午,日头火辣辣的,就见妇女摸鱼大军,几十人一溜排开,一概大裤衩子大背心,花里胡哨,汹涌而来。那些年轻的、苗条的,身体会露出水面多一些。她们像潮水涌过来,水花四溅,水波乱颤。她们一个个嘴里叼着布口袋,都沉甸甸的,不时猫腰拧一拧,再叼上。里面有鲫鱼、鲤鱼、黑鱼、鲶鱼。她们蹚过的水段,好些天寸鱼不见。

而我,更想见的是有漂亮的姑娘在岸边唱歌。

>但是,回头望望,轮船后面却拖着一只木船,木船四周装上了铁栅栏,里面关着判处流放的犯人。高尔基听不见他们的声音,只听见伏尔加河水为他们哭泣。

我为高尔基又能听出"伏尔加河水为他们哭泣",感到羞愧。当然,我也有值得自豪的,大坝两岸都是芦苇,长得高,叶子又宽又长,我会打苇叶,回家给妈妈用来包粽子。我还学会了钓鱼,整个夏天,家里几乎天天有鱼吃,有鱼肉馅的饺子。我还跑到一望无际的苇塘里,找各种水鸟蛋、野鸭蛋,但从来不一窝端,一窝七个,留两个;一窝五个,留一个;一窝两个或一个的,就拿起来冲着太阳看,看看里面是不是有小鸟了,再放回窝。有好几次迷失了方向,感觉走不出来了,脑子里都是淹死鬼的惨叫,一身鸡皮疙瘩,浑身发抖。可过几天,又拎着竹筐往苇塘钻。最引以为傲的,还是在河里游泳,一开始是把衣服放在桥上,压上一块石头,就往上游跑,跑出两里多了,停下来,消消汗,再扑腾下水,顺水一路而下。再后来,慢慢学着逆水游,这需要费很大的力气,游了几十米,累了,就翻过身来肚皮朝天,顺流而下。反反复复。每次逆水而游,晚上吃饭时就不好意思让母亲盛饭了。

遗憾总是有的,大坝里没有船。

一天晚上,父亲从"干校"回家,带回一本又大又厚的《在人间》,嘱咐我要干净点看。我马上找一张牛皮纸把书包上书皮。然后,迫不及待地翻到那几页:

> ……夜,皎洁的月亮渐渐移向轮船左边的草场上空。一条古老的棕红色的轮船,烟囱上带着一道白条,轮叶拨动着银色的水面,悠悠地不平稳地行驶着。黑黝黝的河岸,迎着船身悄悄地掠过去,沉沉的影子落在水里。岸上,房屋的窗里,透出红艳艳的灯光,村子里飘来唱歌的声音,望得见姑娘们在跳舞。她们那"阿依,柳里"的合唱声,听起来和赞美诗中的"哈利路亚"一个样……

我想象着伏尔加河岸边的姑娘们。但接下来,就不那么舒心了,轮船的后面拖着一只驳船,驳船甲板上装着铁笼子,里面是囚徒。

> 驳船上人声静寂,洒满月光。漆黑的铁栅栏里,模糊地露出滚圆的灰点。这是囚徒们在眺望伏尔加。水波荡漾有声,像低泣,也像窃笑。

这个晚上,我好像开始思考"人生"了。至少,我看出来了,在更远、更宽、更多激流和险滩的河里,有鱼,也有哭泣。又想,那些囚犯看见姑娘们在跳舞,会是什么心情呢?还有,他们被判刑了,成了苦役犯,他们都是坏人吗?……我第一次,带着课本上没有答案的问题,睡着了。

飞机下,闪亮的河流吸引着我。每个人的一生当中都有一座山,这座山让人向高处看。我也是。我的那座山,是乞力马扎罗。同样的,每一个人心中还有一条河,这条河使人不断地向远走。我也是。我的那条河,就是伏尔加河。这条河的出现要比那座山更早一些,拜文学所赐,拜那些纤夫的肩上的深深的勒痕所赐。

二、抬起的头和褪色的红上衣

两天前还晴空万里的莫斯科,阴云密布,冷风习习。乘坐的奔驰中巴顺着莫斯科河行驶了一会儿,停在一座不大的桥旁。这座桥的铁树上因挂满各种各样的恋人锁,又叫"情人桥"。情人桥对面不远有一

>列宾纪念碑,莫斯科

> 《伏尔加河上的清风》，列维坦作品

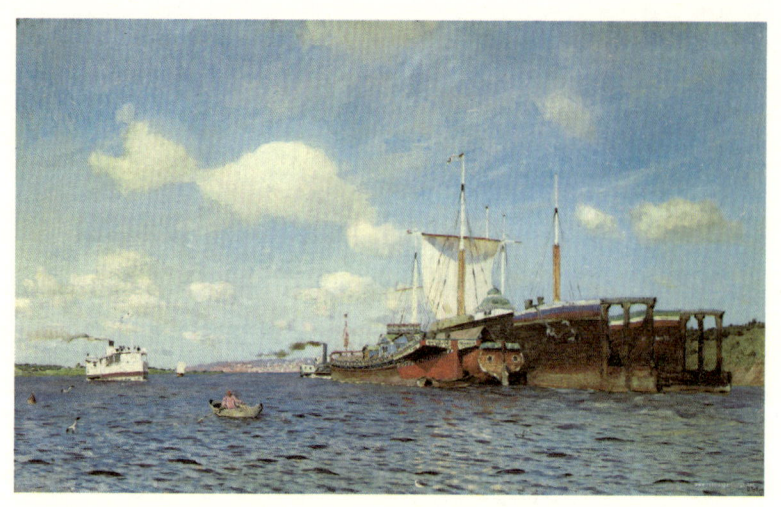

座雕像，是列宾[1]。画家目光深邃、忧郁，看着前面的大地，左手握着画笔，臂弯夹着调色板。我看了半天，想象着他眼里的伏尔加河。

从这里走向特列恰柯夫美术馆，也就十几分钟，我还是恨不能就一步走过去，站在《伏尔加河上的清风》前。但是，我真站在列维坦于1895年创作的这幅油画前，反倒一点都不激动了，十分平静。原来，我对眼前的一切，一点都不陌生。伏尔加河就是这样的：宽阔的河面绿水荡漾，远处有一条轮船驶过来，近处的小船上一个男人在用力划着双桨，在他右边的岸边，停靠着两条轮船，白帆落到一半，似乎时刻准备远航，紧靠着岸的是古老的驳船，黑黝黝的。我站得离画远一些了，再看：辽阔的蓝天衬托下，云朵由远到近，慢慢飘过来，而从水面吹过来的风是清凉的。

午后，下起了小雨，天气阴沉沉的。在新圣女公墓，我来到夏里亚宾墓前。高尔基评价这位"低音之王"是："在俄罗斯的歌唱艺术

---

1. 列宾（1844—1930），俄国杰出的批判现实主义画家，"巡回展览画派"的重要代表人物。代表作有《伏尔加河上的纤夫》《意外归来》《查波罗什人复信土耳其苏丹》等。

中,夏里亚宾居于首位,正如托尔斯泰在语言的艺术中一样。"此刻,一身素白的歌唱家,在后面湿漉漉的绿树映衬下显得清高而又超拔。雕像的姿态是按照列宾的一幅肖像画镌刻——歌唱家靠坐沙发,头微扬,神情自然洒脱,一手搭在扶手上,一手插在坎肩里,左腿架在右腿上,整个姿态带着一种调皮和戏谑,多少吻合他曾经的愤懑:"我连骨头也不能埋在这个国家。"不过,他最终还是落叶归根,从巴黎迁葬到这里,尽管离去世的1938年过去了40多年。也许在他的灵魂深处,始终还在唱着那首《伏尔加船夫曲》吧:

> 伏尔加,可爱的母亲河,河水滔滔深又阔
> 哎嗒嗒哎嗒,哎嗒嗒哎嗒,河水滔滔深又阔
> 伏尔加,伏尔加,母亲河

何叔叔也唱过这首歌,为我一个人。

13岁那年,我们家又搬家了,和许多"老广"住在一起。"老广"就是从很多城市来到农村"接受贫下中农再教育"的"广大干部"的简称,包括我父亲。"老广"中还有作家、画家和歌唱家。那时,我已读完了高尔基的《童年》《在人间》《我的大学》。我总想再看别的书,可父亲借回来的总是这几本,我至今喜欢重读经典,应该就是那时养成的习惯。我常常背着书包跑到大坝,说是做作业,其实是看小说。

伏尔加河从灵魂里流过

岸边,总有一些外地人来钓鱼搭的小凉棚,我就钻进去看书,突然觉得太安静了,就大声读出来。读着读着,也会顺手把苇叶夹在书里,看着河水发呆。我会想到父亲,以前书不离手,现在出门不是拿着镰刀就是肩上扛着锹,还有母亲绣花的手,要打柴,要磨刀,要养鸡喂鸭,在鸭蛋上标上记号,放在盐水里。我还会想到附近的村民家,饭桌上总离不开大葱蘸大酱。酱是自家做的,都很咸。我还会想到一个比我大三岁的男人,我说他是男人是因为他春天里结婚了,媳妇的样子比他大,还抽烟。很多女人抽烟。我不愿去想秋天,割稻子,手磨出水泡,腰折了似的。那时,河里的水也凉了,也浅了,不能游泳。我的世界实在太小了。还好,当我再回到书里,还有阿廖沙,有小茨冈,有外祖母。我是一点点地喜欢上外祖父的。小人书中的他,是一个狠心、自私的干瘪老头,但在没有插图的书里,他又充满了智慧。外祖父年轻时也受过很多苦,在伏尔加河上:

> 我年轻的时候,得用自己的力量拉着货船,沿着伏尔加河逆流而上。船在水里走,我在岸上走,打着赤脚,脚底下是锐利的石块——山旁崩落的碎石,从日出走到深夜。太阳晒着后脑勺,脑壳像融化的生铁似的沸腾着,可是还得一股劲地走,腰弯得像豆芽,骨头格格地响,连路都看不清了,眼睛浸满了汗,心里是多么难过,眼泪不住地流。……这样,我沿伏尔加母亲走了三趟;……第四年我已经当上了纤夫头,向主人显示了我的精明强干!

有人鼓掌,打断了我的大声朗读。是何叔叔。我不喜欢他。一天晚上他和那个跳芭蕾的阿姨抱在一起,我没跟别人说过这件事。何叔叔是个画家。何叔叔问我带了笔和纸没有,我不情愿地把钢笔和算草本递过去,就跑到不远处撒尿去了。我不想看他画画,又打了一会儿水漂,磨磨蹭蹭地回来了。他把画递给我,说是凭着记忆画的,画的是《伏尔加河上的纤夫》。不知为什么,我一下子就喜欢上了这幅画,也许是刚才读了外祖父干着拉纤的活吧。

"你应该看看这幅油画,最好是真画。"

"到哪儿去看?"

"苏联。"

我一听就笑了,然后说:"好吧,我努努力,去一趟苏联。"

何叔叔很认真地说:"只要你想去,就能去成。"接着他说,这幅画的作者叫列宾。

"列宾……是列宁的弟弟吧?"

不是。

我痛失了这幅画,就像我痛失了很多东西一样,再也找不回来。但这幅钢笔速写,一直在源头滋养了我对美术的热爱,甚至有六七年的时间,我尝试在各种纸上勾勾抹抹,人物、植物、动物,还有高山大川,有铅笔画,有炭笔画,有水彩画,还有水墨画。而在众多的色彩里,我偏爱黑与白。黑,是漫长的,像伏尔加河上空的夜。白是月下的水光。

我又喜欢上了何叔叔。我发现他总是一个人跑到盐碱地,拿着芦苇在上面勾勾画画,画完了,又一阵乱涂。有时,也会欣赏半天,默默地走了。多年后我凭着记忆,认出没有被何叔叔毁坏的盐碱地上的一幅画,是凡·高的《星空》,那流动的线条,像人的皱纹。

后来,何叔叔跟我说,列宾一开始画的时候,第三个纤夫的头是低下的,最后纤夫的头是抬起来的。我说不对,是列宾让他把头抬起来的。何叔叔笑笑,之后小声地唱起歌来,他的嗓子不好,唱得很用力:

穿过茂密的白桦林,踏着世界的不平路

我们沿着伏尔加河,对着太阳唱起歌

哎嗒嗒哎嗒,哎嗒嗒哎嗒,对着太阳唱起歌

不久,何叔叔病了,不到一个月瘦得皮包骨头了,眼窝像两个深坑。何叔叔的门总是关着,但他的咳嗽声还是能传出来,半夜里的咳嗽声更是引起一连串的狗叫。我都担心咳嗽声会把月亮震落下来。

一天夜里睡不着,我跑到大坝上。河里的水一动不动,里面的月亮又大又圆,能捞起来似的。偶尔,一条小鱼不甘寂寞,跃出水面再落下去,打碎一片月光。在片片碎银上,我看见房东大爷驼着背在挑水,我看见17岁的来柱抱着儿子跪在他妈妈的坟上,我看见父亲在草甸里弯腰割草,我看见姐姐没有穿水靴在凉水里插秧,我看见何叔叔在盐碱地里画画时脚丫子踩进地里,我还看见冬天时河里的冰在中间塌下,冰缝里有冻死的鱼和芦苇的根……我觉得脸上有点凉,一抹,竟是泪水。我为眼泪而高兴,我突然觉得和同龄的高尔基有着同样的感觉了:

从那时起,我怀着不安的心情观察人们,仿佛我心上的外皮给人撕掉了,于是,这颗心就变得对于一切屈辱和痛苦,不论是自己的或别人的,都难以忍受的敏感。

这之后,我常常静静地看着河水。常常静静地,我向往着伏尔加河,那让轮船驶过的河,它宽,它长,它越是沉默越是在哭。我的愿望与阿廖沙一样,"若是沿伏尔加河航行,我将看见新的河岸,新的城市和新的人物"。我希望也有一条"善良号"轮船从河里开过来,我上去做一个洗碗的小伙计。我渴望认识船上的厨师斯穆雷。阿廖沙上岸了,斯穆雷告诉他的话,同样也告诉了我:"……念书吧,这是最好的事情!"

我真正的阅读,从这句话开始。

又过了大约两年,父亲不知从哪里弄到一本没有封面的旧画报,上面有一幅彩色的

> 《伏尔加河上的纤夫》局部

《伏尔加河上的纤夫》。我第一眼就去看前面那第三个纤夫,他的头是抬起来的,眼睛圆睁,充满了愤怒和不屈。不久,我就喜欢上了画中的第五个人物,他在 11 个纤夫的中间,而且是唯一一个面孔向着远处的,目光也是。他是站着的,不像其他纤夫身体前俯。他的右手扣在纤绳上,好像要把它从胸前扯下来,他的袒露的脖子、肩膀、胸膛是人的颜色,可以说还没被晒黑。他的上衣,是褪色的红——他是破衣烂衫、黑黢黢、艰难行进的纤夫队伍中,最鲜亮、最年轻、最有精神的一个。正是他,使得几乎随时都要前赴而卧的纤夫队伍,有了"立"住的力量。

这就是苦难中的力量,反抗,看到希望。

三、被隐藏了四十年的苦难和希望

这些年来,乘坐动车从沈阳到北京,或从北京到沈阳,快到"盘锦北"时,我都要站起来,到门口感受一下外面的风,有几次跳下车,就为在月台上站那么十几秒。这里,离我那乡村十年的距离,远一点的六七里,近一点的,不过两里。正是在这芦苇遍地,一下雨道路就泥泞不堪,一家挨着一家的鱼米之乡,我从看小人书到看厚厚的《童年》《钢铁是怎样炼成的》《死魂灵》《安娜·卡列尼娜》。我无法忘

记那条叫大坝的运河，它的河水，自东向西。而我总是偏执地认为，大坝的河水与伏尔加河，是相连的。

我喜欢阿廖沙的外祖父称伏尔加河为"伏尔加母亲"，充满了自豪与深情。可是，直到第一次要去俄罗斯了，我才认真地了解了这条俄罗斯母亲河——发源于莫斯科西北面的瓦尔代丘陵，全长3690多公里，自源头向东北流，再转向东南，之后再向南流至伏尔加格勒后，向东南流入里海，流域面积达136万平方公里，是世界上最长的内流河。伏尔加盆地占俄罗斯欧洲部分的五分之二，这个流域居住着6450余万人，几乎占俄罗斯联邦全部人口的二分之一。伏尔加河巨大的经济、文化和历史的重要性，还有河流及其盆地的巨大面积，使其跻身于世界大河之列——这些庞大的数据，只是属于地理常识，而在数字之外，堆积在河床深处的，是人的喘息和苦难。

风行水上，波涛汹涌，奔腾着的不能不是人的样子，不屈不挠，百折不回。一条大河，在人间流过，流成精神的大学。

我在何处，都是在它的岸边。

它是从我的灵魂里流过的。

那纤夫的脚印，深深地踩在我的心上。很多时候，我与那些脚步同行，烈日当头，汗水滴下，在夜晚，还是会仰望星空。我是纤夫队伍中那第五个穿着褪了色的红上衣的人，手紧紧地抓住命运的纤绳。

2018年，还是8月，我再次来到圣彼得堡，为三年前错过的《伏尔加河上的纤夫》以及错过的太多。三年前，我都站在列宾美术学院的大门口了，只是看着涅瓦河水慢慢流过，未能到他求学了八年的地方看一看，空留遗憾。

这天上午，在列宾诺的列宾故居，走进第一个展厅，一眼就看到了墙上的那幅画，尽管是黑白复制品，还是细细地看了好一会儿。我想象着，他是如何给那个年轻人穿上褪了色的红上衣的。

列宾，在完成这幅巨作的时候，才29岁。

他生于1844年7月，20岁时考入彼得堡美术学院，入学时因为不懂何为"线条"只能成为旁听生。1868年夏日的一天，他在涅瓦河岸边写生，看见远处有一队人在岸边慢慢蠕动，走近了才发现那是一行拉着满载货物大船的纤夫。纤夫们目光凝重，瘦骨嶙峋，破衣烂衫。绳索在船与纤夫的肩头之间绷着——列宾的心头也被绷紧了。这之后，这一沉重的画面在他的脑子里始终萦绕不去，让他陷入怅然若失的心境之中，又长时间地激荡着他的想象。后来，天才的少年画家瓦西里耶夫建议他："我要是你，我就到伏尔加河上去——要知道，真正的传统的纤夫在那里。应该到那里去寻找他们。"于是在1870年，他和瓦西里耶夫还有另一个同学，在伏尔加河畔的村镇度过了整个夏天，到过纤夫的露宿营地、架锅做饭的篝火旁，和纤夫一起吃，一起聊天，观察他们的生活，体验他们的辛苦。这一次，他画了很多草图，有油画、水彩画、铅笔画。他找到了两个"模特儿"，一个叫卡宁——曾经当过神父，丢了教衔，才到处流浪拉纤，这个目光深邃、凝聚的大个子，成为后来画中最高的人。另一个模特儿叫拉里卡，这个热心的小伙子让列宾难以忘怀，他为小伙子画了一张速写：头上扎着一根布条，眼睛迎着阳光，看起来眯缝着——后来，这个形象成为画中的中心人物，穿上了一件褪了色的红上衣。

> 《伏尔加河上的纤夫》局部

列宾带着大量的草图和速写回来了，那是河上的浓雾，是岸上的一些破衣烂衫，有朝霞，有篝火，有河的辽阔，有人的眼睛，一幅巨

伏尔加河从灵魂里流过

作的构图正在悄然形成。他没想到,美术学院的监护人弗拉基米尔亲王要看看这些还没有成型的作品。那天,他的作品就放在会议厅的地板上,来看这个特殊的展览的人中就有斯塔索夫[1]——我奇怪,他总是有着喷薄而出的深刻思想和激越情怀——直到在涅夫斯基修道院的公墓,看到他的雕像,就理解了那些哲思与批判精神,全部来自那厚实雄阔的胸襟。他这样评价自己看到的:"这幅画还没有画出来……他从伏尔加河带回的巨幅油画草图令人赞叹不已。每一幅草图都是一个典型,一个新人,表现了完整的性格,完整的新世界。"

一个傍晚,在圣彼得堡国家博物馆,我终于站在了《伏尔加河上的纤夫》面前。我走近这条河流,看到了以前从未看到的画家在右下角的签字:1870-73。在这三年时间里,列宾把所有的精力都倾注在画面上:夏日中午,阳光酷烈,河滩荒芜,宽广的伏尔加河岸上,一队蓬头垢面、衣衫褴褛的纤夫拖着沉重的脚步拉着货船,在河岸艰难地行进。

我们每一个人,都曾有过这样的步履艰难。

我伫立在画前,盯着纤夫的眼睛、脚,还有岸上的枯草,并再次注

> 作者在《伏尔加河上的纤夫》前留影

---

1. 斯塔索夫(1824—1906),俄罗斯著名的艺术与音乐评论家、艺术史家。

视着第三个纤夫昂起的头和圆睁的眼睛,然后看向年轻的纤夫,他那褪了色的红上衣,闪耀着隐忍的光辉。有人说,这幅画给人以强烈的视觉冲击和心灵震撼,因为这 11 个纤夫代表的是整个俄罗斯的苦难。

苦难是有的,更有着苦难中的不屈和希望。

还记得那位弗拉基米尔亲王吧,他在看到列宾的草图后,就猜出了年轻画家在这幅画中的特殊立意,于是向画家订购了这幅画。当他把画拿到手后,就藏到自己的房子里,不让更多的人看到。他把这幅画整整隐藏了 40 年。

但是,在历史的洪流面前,苦难与希望,都是无法阻挡的号子。

四、当雷让我受惊,我正逆水而行

苦难是相通的。

伏尔加河上的苦难,也是黄河上的苦难,也是多瑙河上的苦难,也是尼罗河上的苦难,也是亚马孙河上的苦难,也是密西西比河上的

>伏尔加河,俄罗斯的母亲河

苦难。

人的苦难，人来承担，而好的承担，来自对苦难的认识。人是通过对苦难的学习，才长大的。

说到苦难，马克西姆·高尔基[1]身在其中。但他一直犹豫，是不是要把苦难真实地写出来。是1908年还是1910年都不重要了，重要的是在意大利的卡普里岛，他遇见了列宁，后者听他讲述了童年和青年的生活，鼓励作家："您应当把一切都写出来，老朋友，一定要写出来！"1913年8月至次年1月，高尔基三部曲的第一部《童年》，陆续在《俄罗斯言论报》上发表。

我至今保留着童年时看过的《童年》《在人间》《我的大学》小人书。

从俄罗斯归来，我重读了很多俄罗斯经典，开头的就是《童年》，然后是《在人间》。我要让伏尔加河的河水再一次从灵魂里流过：

> 回忆其野蛮的俄罗斯生活中这些铅样沉重的丑事，我时时问自己：值得讲这些吗？每一次我都重新怀着信心回答自己：值得，因为这是一种富有生命力的丑恶的真实，它直到今天还没有消灭。这是一种要想从人的记忆、从灵魂、从我们一切沉重的可耻的生活中连根拔掉，就必须从根上了解的真实。
>
> 促使我描写这些丑事的，还有一个更积极的原因。虽然这些丑事令人作呕，虽然它们窒息我们，把无限美好的灵魂压扁，而俄罗斯人的灵魂仍然是那样健康，年轻，足以克服而且一定能克服它们。

---

1. 马克西姆·高尔基（1868—1936），被誉为"伟大的无产阶级作家"，代表作有话剧《在底层》，小说三部曲《童年》《在人间》《我的大学》，长篇小说《母亲》和政论集《不合时宜的思想》等。马克西姆，俄语之意是"最大的"；高尔基，俄语之意是"痛苦的、苦难的"——马克西姆·高尔基连起来就是"最大的痛苦"或"最大的苦难"。

> 《伏尔加河上的纤夫》

我们的生活是令人惊奇的，这不仅因为在我们生活中这层充满种种畜生般的坏事的土壤是如此富饶和肥沃，而且还因为从这土壤里仍然胜利地生长出鲜明、健康、富有创造性的东西，生长着善良——人所固有的善良，这些东西唤起我们一种难以摧毁的希望，希望光明的、人道的生活终将苏生。

伏尔加河就这样，再一次奔涌而来。

它不断地召唤着我。

一条河也就这样，用它的渊博，用它的深度，用它的激流澎湃，用它的风云变幻，牵动着我的脚步，还有思考，走得更远。

我躺在河水之上。天那么蓝。云彩是大朵大朵的白。

又一次，我徜徉于浩瀚的波澜壮阔。

再一次，当雷让我受惊，我正逆水而行。

其实，是月亮就闪耀着荆棘的光辉

一、诗人不住舍列梅捷夫宫

我有一本《圣彼得堡建筑图册》，每一页都令人着迷，尤其对某个建筑进行了详细标注：廊柱的高，门的宽，窗户有多少个，周边的环境，等等。通过数据，我想象建筑的过程，而且，越来越确信，那些色彩或是地图上的河流，有着巨大的牵引力。一旦目光有了起点，脚步迟早都要启程。而一旦走出去，就会发现，道路比港湾更有吸引力。道路存在"艳遇"的可能，港湾烹饪"过期"的食材。

那个8月的下午，我们从海军总部门前的广场，挥别莱蒙托夫，出发，顺着涅瓦大街，走过普希金文学咖啡厅，走过喀山大教堂，走过叶卡捷琳娜二世，走过两条运河。一路走得很快，竟没撞到人。倒是很想撞到，不是像陀思妥耶夫斯基的"地下室人"那样撞到，而是无意的，然后道歉，这样兴许就会让脚步慢下来。在路上，我总是走得很快。记忆中好像没有哪个女人喜欢与我一起散步。走得快，还是能够感受到两旁建筑的风貌：越是久远的，越是独特，鹤立鸡群，藐视一切。我发现，所有国家的所有城市，半新不旧的建筑，最喜欢往上面搽脂抹粉：红色，粉色，黄色，浅绿，淡蓝。半老徐娘的，搔首弄姿，透着不自信。我的结论：越老的东西，越结实。

走得快，也许是因为三年前的错过，所以当脚步走上铸造厂大街，才觉得这一次真的是走向阿赫玛托娃了。她的故居在舍列梅捷夫宫后面的南侧。那里，是我阅读诗歌的重要地标。

路左出现了一个小花园，还有一座雕像，仔细看，原来是诗人涅克拉索夫[1]。在这条街上，只要留心，就会和很多诗人相遇，但稍不留神，也会擦肩而过。走着走着，就见前方的一处建筑显示出了雄阔的气场，应该就是舍列梅捷夫宫的后面了。从这里走进去，再向西走上一段，就是舍列梅捷夫宫了，当然，如果从涅瓦大街转弯顺着丰坦卡运河往北走，就能到达这座宫殿的正面。它在俄罗斯的历史上占有一席之地。潮湿的日子里，它埋在地下的石头也许会渗透出一丝丝沼泽的气息。

> 舍列梅捷夫宫（喷泉宫）

1712 年，在波尔塔瓦战役中立下汗马功劳的陆军元帅鲍里斯·舍列梅捷夫，获得了彼得大帝的一个赏赐：城市郊外的一块宝地。乍一

---

1. 涅克拉索夫（1821—1878），俄罗斯著名诗人、作家、评论家和出版商，在诗作方面涅克拉索夫引入了戏剧独白的技巧，其代表作为关心俄国民众生活、讽刺批判上层社会的《谁在俄罗斯能过上好日子》，被誉为"人民诗人"。

看,是一片沼泽,但周边茂密的森林显示了勃勃生机。舍列梅捷夫没有辜负恩赐,将这里建成了一座具有田园气派的庄园。舍列梅捷夫家族一直与皇族关系密切,对皇室忠心耿耿,1697年舍列梅捷夫就陪伴沙皇第一次游历了欧洲,并成为俄罗斯驻波兰、意大利和奥地利的外交大使。1905年成为第一位被册封的伯爵。1719年舍列梅捷夫去世了,他唯一的儿子彼得·舍列梅捷夫继承了一切,而且得到彼得大帝"像父亲一样"的关照。到了1788年彼得·舍列梅捷夫去世时,舍列梅捷夫家族成为世界上最大的地主,拥有广袤的土地。就说这座宫殿,就有340名仆人,每个门口都站着一个听差。建筑外墙上装饰着华丽的狮子头像和军徽,尽显家族煊赫荣耀,宫殿后面是一个巨大的花园,道路两旁立着从意大利运来的大理石雕像,中间还有喷泉,"喷泉宫"以此闻名。

阿赫玛托娃一些诗的落款就是"写于喷泉宫"。

1917年"二月革命"期间,大批民众涌入这座建筑,上演了"打土豪分田地"。最后一位主人谢尔盖伯爵一看不妙,考虑再三,决定将宫殿交公,但与当局签署了协议,要求将这座建筑保留完好。别说,当局还真就信守了承诺。

>阿赫玛托娃

1918年,29岁的阿赫玛托娃来到舍列梅捷夫宫,与第二任丈夫弗拉基米尔·希列伊科同住,她在这座建筑的北面有一间房子,这位研究中东的年轻考古学家,曾是末代伯爵孙子们的家庭教师。阿赫玛托娃的第二次婚姻维持了8年,离开这里不久,她又和新的男人尼古

其实,是月亮就闪耀着荆棘的光辉

拉·普宁搬回了"这里"[1]。有一点很奇葩,就是与普宁分居的妻子也搬了过来,他们抬头不见低头见。

继续往前走,见旁边一家小店开着门,进去问一下路,确保准确,一个30多岁的漂亮女人放下手机,出来领路,走了三四十米,她用手指着前面从二楼横出的一个杆子,那上面挂着一个招牌,她说的俄语我听不懂,但我看清了招牌上的名字——阿赫玛托娃的签名。签名下是一个大门洞,大门洞右边是个小门洞,就在小门洞左面对着大街的红砖墙面上,用白色的水泥雕塑出了女诗人的头像。这个很有现代感的浮雕作品,与上面裸露着的一横排一根根很粗的电线并列,乍一看不雅,再看就觉得很"行为艺术"。整个门洞的右墙上,写满了字,各种颜色,各种语言,俄语的多,也有英语的。没看见汉语。墙

>阿赫玛托娃雕像
（范行军摄）

>孔宁在阿赫玛托娃雕像前留影
（范行军摄）

---

1. "这里",不是"喷泉宫",是这座宫殿后花园南侧的一座公寓楼。国内一些出版物误认为阿赫玛托娃故居"在舍列梅捷夫宫"或"在喷泉宫"。

面靠西处，洒满午后的阳光，与东边的阴影形成强烈对比，使得那些或长或短的文字在明暗的光效之下，仿佛在颤动。站在光影中，就成了光影的一部分，看见自己的影子和诗句叠加在一起，暗自窃喜。不是每个人都享有过这种待遇的。离开墙上的诗，走出门洞，前面是一座花园，向左走，隔不远就可见一座小型的雕像，让你放慢脚步。来到南边一楼售票处买了票，出来再走二十来步，就到了故居博物馆楼下。墙上，挂着诗人的浮雕，标志性的冷峻。路边，一座木雕的阴凉里，躺着一只胖胖的黄猫，闭眼，傲慢无礼地睡大觉。要说，还是北京鲁迅博物馆的猫，热情好客，高兴了还给你打个滚。

二、其实，是月亮就闪耀着荆棘的光辉

走进楼，右侧是一条走廊，走廊左边有存包处、咖啡厅、购物室、洗手间，右边有很多窗，窗外的绿意在上面逗留。走到头，楼梯在左边出现，从这里开始，向上的每一步，都与诗人的脚步重叠。楼梯是石头的，硬，光滑，也不平。来到三楼——是三楼吗？幻想着与诗人一起往上走，至今记不得跨进故居的那一步，是在几层楼上。

就像在涅夫斯基修道院的拉扎列夫墓地，以为娜塔莉亚[1]的墓碑会很艺术，找了半天也没找到，最后看到的是一座极为普通的大理石棺，令人惊讶——到此之前，虽然清楚诗人的生活贫寒落魄，但一进门就撞到锅碗瓢盆，摞在墙角的一个个旧箱子，架子上瘪了的铝锅、饭盒、粗瓷大碗，还有挂在墙上的擀面杖，碗架柜上面剥落的油漆……这些陈旧的日用品，还是让我大大震惊了。这里，比一首抒情诗修修改改了多次的草稿，还要凌乱。很难想象，那张女神似的面孔

---

1. 娜塔莉亚（1812—1863），普希金的妻子，普希金说她："我爱你的心灵，胜过爱你的容貌。"1844年她嫁给了拉斯科伊将军。

陷入烟熏火燎之中,搭着白色披肩的袁娜腰身在油盐酱醋中转来转去。但现实就是这样的一片镇静片。稍一定神,我嘲笑了自己,竟然忘了,只有流过泪的眼睛才会仰望星空,而普希金如果不被幽禁在祖籍地,如何写得出"记得你那美妙的一瞬"?更何况,她是阿赫玛托娃,她的预言和选择,已然注定了诗与生活,绕不过苦难。

但是,一个马灯的出现,还是让人感到意外。

她的众多的情人,她的三个丈夫,都不是提马灯的人。马灯,锈迹斑斑,没有了防风罩。它放在一个大理石桌面上,桌子靠墙那面立着一面镜子。它又在镜子里。当我也出现在镜子里时,终于想起来,诗人就是提着马灯的人。她从1940年开始写作的长诗《没有主人公的叙事诗》,描写了列宁格勒被德军围困的情形:

在喷泉楼的屋檐之下,
弥漫着傍晚的慵懒
我提着一只马灯,和一串钥匙——
与远方的回声相呼应……

除了那个傍晚,很多个夜里,她也是提着马灯,小心翼翼地走下楼。院子里看不到人。夜空中出现枪炮的火焰,亮过了星星。马灯在这样的黑夜里,显得很沉,这样的黑夜也增添了光的亮度。她能看清花园的小路,再远的前途就看不见了。可她还是感到了一丝骄傲,马灯成为院子里的最亮的光。战争让所有的院子都像坟墓一样死寂。她还可以和光在一起。她还能活着,活过了大清洗,而且还要活过这场战争。

她活了过来。列宁格勒自1941年9月8日被围困,之后的900

> 马灯

多天里,有350多万人冻死、饿死。

她深知活着的意义,在被男人抛弃的日子里,在屈辱里,在儿子三次被捕的恐惧里,在违心地高唱赞歌里。

她能活下来,不是靠着对生命的热望,而是对人生的不完美,始终报以冷眼。她善于抒情,更擅长对命运发出洞见。命运的时刻,是眼里有灯的时刻,也是眼里含着盐粒的时刻。她具备一种极为特殊的天赋,启程之前,就对路上发生的险境拥有着预判和体验。她了悟身为诗人,不能放下的,就得全部担在肩上。这是她何以成为伟大诗人的独特的厉害之处。24岁那年,她与第一个丈夫古米廖夫[1]还在婚姻中,《受宠的女人总是有那么多要求》就预言到了:

> 我不曾得到爱情和安宁
> 不如让我独享痛苦的光荣

这个马灯,照出了自始至终都存在着的——痛苦。她一生的诗,都是:左依饥寒,右靠监狱,她在中间跌跄奋行,没有强大的心理准备,如何走到最后,再绽放笑意。

1922年,她写《预言》就是在审视镜中的自己,并提醒:"我见过那顶黄金打造的桂冠……/ 请不要对它过于羡慕 / 因为它根本就不配你的面孔 / 本身就是偷来的赃物。"

她强调:

> 我的桂冠用弯曲的荆棘紧密编成……

---

[1] 古米廖夫(1886—1921),俄罗斯著名诗人,"阿克梅派"代表人物。1921年被逮捕,以"参与反革命阴谋活动"罪名判处死刑,六十年后得到平反昭雪。

就这样,"预言"的痛苦编织成的"桂冠",戴上,就不曾摘下。戴上,被誉为"俄罗斯诗歌的月亮"——她,就闪耀着荆棘的光辉。其实,是月亮就闪耀着荆棘的光辉。

就这样,她背负沉重的"光荣",走向苦难。她不可能绕行。苦难,看轻回避它的人,而她不是躲在里面啜泣不止,她用沉默或诗,收容每一次的凄风苦雨,风云变幻。

她的生命总是提前触摸到暗夜。或者说,她的灵魂比诗,更早地跋涉于命运之途。或者如生于圣卢西亚的诗人沃尔科特所说:"诗人也会越来越像他写的诗。"

三、应该,让灵魂变得石头般坚硬

她从外面回来,提着马灯,小心翼翼地走上楼。放下马灯,她看到熨斗。正如我现在看到的。它很大,笨重。展品不让触摸,我还是小心地拿了一下。它比想象的,要沉。马灯和破旧的日用品成为前奏后,熨斗,不在意外了。我退后几步,很想把它看成艺术品,像看塞尚的苹果。显然不可能。我只能想象着她拿起熨斗,就像拿起生活本身。沉甸甸的。

在这里,很多时间里她研习的不是诗,而是生活:"请你原谅我/我自理能力太差。"她为不会打理家务而检讨。1918年8月,她与古米廖夫离婚,12月与希列伊科结婚,搬到了这里。从古米廖夫那里出来,她连勺

>阿赫玛托娃故居(范行军摄)

子和炊具都没拿，不是不想拿，而是拿了也不会用。生活比写诗，要难。读过她三卷厚厚的诗歌全集，发现1919年只写了四首诗，其中一首哀叹着"我痛苦而衰老"。1920年只写了一首。1921年8月，她实在忍受不住了："对我来说／丈夫是刽子手／家就是监狱。"她与希列伊科在很多方面都不和谐，却从不怨恨这个男人。也许，经过十月革命带来的急剧动荡，桌上还能有面包就不错了。她弯下身段，学会了生炉子。在把劈柴放进炉子时，缪斯女神也躲开了，房间太冷了，而劈柴比卢布还少，最冷时手都拿不住笔。

我走到炉了跟前，生怕踩到脚下毡垫上的炉钩子。我伸出手在炉子上面，好像要烤火。写诗，我永远无法与她相比，要说生炉子绝对胜她一筹。我9岁就会生炉子了。生炉子，有时比写诗重要。

墙上陈列着一些照片，我以为会看到一条小狗，且希望它是塔巴。塔巴是希列伊科收养的一只小狗，她离开他后，带上了塔巴再次来到这里，与普宁同居。她身边不能没有男人，而男人也成为她痛苦的一个来源。有一次她给前夫写信，因为普宁向她要塔巴的生活费，她拿不出来。我相信，她具有超然的能力，却无法预见这种荒唐之痛。

走廊上堆着一摞摞捆扎的旧书。

>阿赫玛托娃故居（范行军摄）

诗人在这里，不仅仅是贫穷：

> 随它去吧。不遭遇刽子手和断头台
> 这样的诗人世间稀无。

其实，是月亮就闪耀着荆棘的光辉

她在 1935 年写的《为什么你们往水里下毒》，如此悲凉，又如此坦荡。同年 10 月 12 日，她身边的两个男人，普宁和儿子列夫被捕。好朋友曼德尔施塔姆[1]也失去了自由。这个秋天，她开始写《安魂曲》：

> 黎明时分他们把你押走，
> 像是送葬，我跟随在你的身后……

写于 1939 年春天：

> 我奔走呼号了十七个月，
> 一声一声召唤你回家。
> 我曾向刽子手屈膝下跪——
> 儿子啊，我每天都为你担惊受怕……

写于 1939 年夏天：

> 今天我要做许多事情：
> 我应该把记忆彻底杀尽，
> 应该，让灵魂变得石头般坚硬，
> 我还必须重新学会生存……

俄罗斯诗人的光荣之路，如果不与苦难相连，就无法完成最后的抵达。《安魂曲》写了 5 年，诗歌能够全文发表，却是 20 多年后的事了。如果马雅可夫斯基不是于 1930 年用一颗子弹结束了生命，看到

---

1. 曼德尔施塔姆（1891—1938），俄罗斯"白银时代"著名诗人，"阿克梅派"代表人物。他两次被捕，长时间被流放，死于集中营，遗骸不知葬在何处。

"贵妇"写出这样的诗,怕是要一屁股跌坐地上。她的诗因为不符合"革命"和"新时代"的韵律,很早就不得出版了,但这不能阻止她在黑暗中继续写作。沉默不是诗的终结,而是力量。她一边等待,一边锻造,站在"政治语言"之外,为人民代言,个人的处境也就呈现出广大的写照。在别人唱歌的地方,她发出孤独的怒吼,这呼喊成为她的财富,又注定要成为时代的良心。英国评论家克莱夫·詹姆斯说:"历史没有给她升华柔情的机会。历史反而让她成了英雄。"一个预言了痛苦并一次次经历着痛苦的人,她不可能再成为时代的速记员。她用心灵的伤口代替了鲜花。她在见证苦难的同时,实现了自我拯救,而她的苦难的广阔性,在别处的平原与河流中,也能听到那熟悉的步履和喘息。

她在世的时间算不得长,却经历了一个城市的三次改名:从彼得堡,到彼得格勒,再到列宁格勒。她的学生布罗茨基说,"历史会小心照料不愉快的记忆",但阴影虽然还在她的白纸上放大恐怖,她的笔绝无慌乱,也许是顾念太深:

> 可是我知道人间唯一的一座城市,
> 　　我即使在梦中用手摸也能把它找到。

此刻,我来到了右侧走廊的尽头,向左转,又是展室,可我停下来,盯着西面的墙。墙面贴着各种报纸,粗体字,大黑的字,照片,绘画。这样的墙面多

> 阿赫玛托娃故居(范行军摄)

其实,是月亮就闪耀着荆棘的光辉

么熟悉,我的很多字都是在墙上认得的。认得的字,就展开一条路。

> 我们儿时在昏黄的煤油光下
> 欣赏过的糊墙纸,
> 至今还装饰着窄窄的走廊

这是她在《北方哀歌》序曲中写的。这样的走廊通向世界的每一个角落。光明的,被堵上窗户的,寒冷的,一眼看不到头的。

总有人问我,为什么要到诗人的故居去?到诗人的故居,有一点像是回到了老房子,那里散发着旧家具、旧门窗、旧报纸的味道,甚至还有蛋炒饭的味道。失灵的味蕾被唤醒,记忆变得触手可摸。更重要的,还是故居帮助我更近地理解了诗人的生活,理解了那个时代,从而沉思现在——现在,比那个时候更好了,还是更坏了?马灯,在我所见之前,对我不具有含义,正是在这里,马灯才再次被点燃,照亮了暗夜。但在此,我不是要找到痛苦的复印件,而是加深那个烙印。来之前所做的功课,那些文字和图片,都在不知不觉地浮现、对应,带着共鸣的痛点。在这里,我会从一只有裂纹的饭碗、一条披肩、一把椅子,读到很多熟悉的诗,读懂诗——就是一条路,不在别处,就在命运里。在这里,诗人"预见"的所有"痛苦",都能找到一一对应的物件。而我还在——马灯的上面,炉子的上面,墙上

> 阿赫玛托娃故居
> (范行军摄)

的报纸上面,从镜子里——看到自己——虽然我与诗人不生活在一个国家和时代,但诗是时空之桥,谁在上面行走,谁就能拓宽所处的空间。此刻,我站在走廊上,看墙上糊的报纸,就是站在塞瓦斯托波尔的南岸,看黑海的汹涌澎湃。

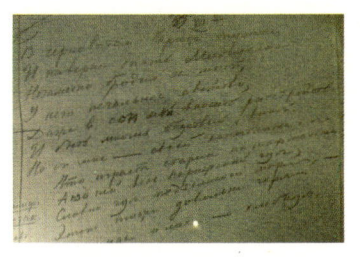

>阿赫玛托娃故居(范行军摄)

四、有谁能拒绝自己的生活呢

陈列着莫迪里阿尼那幅小画的房间,以赛亚·伯林[1]回忆过1945年的一天,他和诗人的彻夜长谈。那一年,伯林刚刚成为英国驻莫斯科大使馆一等秘书,迫不及待地想要见到诗人。如果要是知道,1944年撤离列宁格勒的阿赫玛托娃再次回到这里,大楼遭到一枚德国炸弹的轰炸,公寓墙上出现一条巨大的裂缝,窗户破碎,没有自来水和电,他也许会推迟这次拜访:

> 房间陈设极为简单,我推断房间里的所有东西在大围城时都被弄走了——不是被洗劫就是被卖掉。只剩下一张小桌子、三四把椅子、一个木柜、一张沙发,壁炉里没有生火,上方挂着莫迪里阿尼的一幅画。一位仪态高贵、头发灰白的女士,肩上裹着一条白色的披肩,款款起身欢迎我们。安娜·安德烈耶夫娜·阿赫玛托娃气度无比雍容。她举止从容,道德高尚,容貌端庄而又有些严肃。

---

1. 以赛亚·柏林(1909—1997),犹太人,出生于俄国拉脱维亚的里加(当时属于沙皇俄国),1920年随父母前往英国。他是英国哲学家、观念史学家和政治理论家,也是20世纪最杰出的自由思想家之一。著有《俄国思想家》《苏联的心灵》等。

其实,是月亮就闪耀着荆棘的光辉

我看到了那条白色的披肩,还有那幅小画——干净的线条勾勒出她的身体,简约、明快之外,留下了想象的空白。她与画家之间的情感之短、之单纯,如果对应与第三任丈夫普宁的话,十多年就太漫长了,太复杂了。

画是轻的,箱子是重的。箱子还是床。1928 年,16 岁的列夫离开祖母来到母亲身边,晚上睡觉,走廊的皮箱就是他的床。他回忆说,走廊没有供暖,很冷。1945 年 11 月,从劳改营出来的列夫又过来与母亲同住,箱子怕是无法承受住这个饱经风霜和痛苦打击的男人了。走进故居就看到箱子,墙角是一摞箱子,快顶到了天棚,地上还放着一个大箱子,箱子上有一个手提包,是诗人出门经常拎的。如果没猜错,这个摆在明显处的箱子,是普宁送给她的。她去世时身边有两个箱子,都很重要。一个箱子里放着有关勃洛克的资料,是她准备在做电视谈话时用的,除此之外还有一些衣物;另一个箱子就是普宁 1936 年送她的礼物,里面有她不断修改的《没有主人公的叙事诗》手稿等稿件。这个箱子是 1994 年放在故居博物馆的。这个箱子,在这里,装下了她与普宁 15 年生活的很多碎片。她在《北方哀歌》的第四首中悲叹:

十五年——仿佛用十五个
花岗岩世纪所封闭
不过,我自己也像块花岗岩了
如今,恳求吧,忍受煎熬吧

她和三个男人生活过后,诗歌渐渐没了早期的羞涩、浪漫、狡黠和精灵,烟火气十足。只是,角色不衰。

勃洛克对阿赫玛托娃的诗有一句著名的说法:"她写诗似乎是站在一个男人面前,而诗人应该在上帝面前。"她好像离不开男人。食欲可以是一种口味，但情欲则一个比一个新鲜。有人骂她是荡妇。她听得见，装着听不见。她在意的是从男人怀里能不能掏出心肝，喂养情诗。但她又搬回舍列梅捷夫宫，与普宁同居，很大一部分的需求则是喂饱肚子。无法理解——普宁的妻子和女儿就住在隔壁，够奇葩。两人是在1922年好上的。尼古拉·普宁是艺术史家，长相英俊，会摄影，又是一个嫉妒心极强的人。他一边爱着，一边忍受着她的多角恋情，在日记里发泄怨恨："我不知道会有这样的人，如此完美和纯洁的天使竟会与如此肮脏和罪恶的肉体合为一体。"后来他发现，可以控制她的，是性。他对此信心满满。但15年也够漫长，性本是一条道路，最后竟成了一把炉钩子，不比窗外的橡树枝长。等到积怨终于不再煎熬彼此，回头再看当初之兴，灰飞，烟灭。

又是箱子。

她的诗里没有箱子。她把它从记忆里拎走了。如果要撕开记忆的封条，带血的那面一定留着普宁的嘶吼：他撵她离开这里。

她还留恋吗？

1938年的时候，走廊全无照明，石头楼梯坚硬而冰凉。她往上

< 阿赫玛托娃故居（范行军摄）

其实，是月亮就闪耀着荆棘的光辉

走仿佛在登山,而顶峰却无风景。五月,曼德尔施塔姆再次被捕,九月,她发现普宁的妻子安娜·阿连斯怀孕了。于是,她与阿连斯调换了房间,让后者与普宁不再偷偷摸摸了。这已经不能说是奇葩了,而是耻辱,但她必须接受,因为她没有地方可去。尽管那个曾经死死抱着她大腿的男人,要求她彻底地搬出这里。面对驱赶,她转身就把冷酷转化为诗:

> 这就是我的生活,我的传说
> 有谁能拒绝自己的生活呢

1939年6月,《安魂曲》第七首《判决》再次发出"预见":

> 我早已预见到了这一天:
> 明朗的日子和空荡的家。

从无情的男人的身上,总会发现一个善意的女人。1942年德军继续围困列宁格勒,她撤离到了塔什干,2月的一天,她到火车站等候普宁一家从这里取道去撒马尔罕。她手持一束红石竹子的样子,令人联想到她在夜里总是穿着大红的睡衣。后来,普宁在信中对她说:"我当时认为,生命能像您那样完整而美满的,再没有旁人……"1944年2月24日,这个男人在日记中再次回忆起阿赫玛托娃,那天他返回列宁格勒,列车停在塔什干,她走进车厢,灰白的头发上戴着一顶皮帽子,还带来了礼物。

她在普宁死后,1953年8月写了《忆普宁》:

> 那颗心儿已不能回应

我的欢呼，有时欢跃，有时忧郁。
一切都结束了……我的歌声
飞向空旷的夜晚，可那里不再有你。

我看到了普宁为她拍的照片，她站在有栅栏的门前，喜气洋洋，姿势像要飞。还有一张是两人拉着手的照片，我愿意想象，那是普宁调好快门速度，再跑到她跟前留下的纪念。那个时刻是恩恩爱爱的，但唤不起我丝毫的温暖。爱情是一种自学。如果你感悟到了爱情是危险的，尽可以让爱的潮水汹涌澎湃，因为不会在冰山出现时惊慌失措。只要深爱，就没人能在爱河里全身而退。

那么，我为什么还要写下她和他们的恋情——我写，是为了忘却。
我警告自己：不向任何诗人，学习爱情。

五、请走进这里，和我永远在一起

安静！——请别走错门，
请走进这里，和我永远在一起。

在这里，我相信没有走错任何一道门。

我的手触摸着黑色屏幕，马上显影一行行俄文。我看不懂，但又读懂了，那些修修改改的诗文，显示了我们有着同样的际遇——涂抹、删改、再修订，直到定稿。

我的眼光落到书架上的一个白色小瓷像，是诗人本人。但愿就是那一个——1936年2月，她前往沃罗涅日看望被流放的曼德尔施塔姆，为了凑钱买车票，卖掉了娜塔莉娅·丹柯为她雕塑的小瓷像。

当来到最后一个房间，我发现了另一个我，吓了一跳。原来，我出现在左边立着的一面大镜子里。

> 是谁把他派遣到这里
> 瞬间从所有的镜子中走出
> 无辜的夜晚,沉寂的夜晚
> 死神派来了未婚夫

镜子上还有好些人:她敬爱的人、诗人、朋友。我第一眼就看见了曼德尔施塔姆。

我在镜子上没有找到叶赛宁,也没看见马雅可夫斯基。她对这两位诗人的态度是矛盾的:认可他们的才华,又对他们受到的追捧和选择的道路,冷眼旁观。1915年12月,她把《在大海边》一诗从杂志上剪下来送给了叶赛宁,还写了题词,后来两人又见了面。有人说她怀着善意和殷切接待了他,但从叶赛宁那边来看,他却不喜欢她。其实,她更不可能喜欢他,这从她选择情人和亲密朋友的标准,就看得出来。她无法欣赏他总是想要掩盖来自乡村的土气而故作的清高,尤其是出名后的狂妄。但是,1925年12月28日,叶赛宁在列宁格勒的安格特尔酒店自杀,还是令她沉痛,写了《忆谢尔盖·叶赛宁》:

> 可以如此简单地抛弃这个生命,
> 让它无忧无虑好不痛苦地燃烧殆尽,
> 但是不应该让俄罗斯诗人
> 以这种光辉的方式死去。

这里的"不应该"含义丰富——是谁不应该——很明显,她把诗人之死的一部分责任,让这个国家去承担。这是需要勇气的。

马雅可夫斯基是她心头的一把刀。他挥舞无产阶级的刺刀，多次刺向她："闺房诗人""充满资产阶级情调"——这些话，与官方的批判虽然不经商量，倒也一唱一和。自1922年始，她就不能出版诗集了，如果要清算，马雅可夫斯基是无法逃过该负的一部分责任的。这位"未来主义"的马前卒想在彼得格勒扬名立万时，两人就撞上了，那是1915年2月15日，在"流浪犬"俱乐部，马雅可夫斯基朗诵《给你们》，"知道吗，你们庸俗而又平凡／只会盘算怎么更好地填满你们的嘴"。很多人受不了这样的讽刺和攻击，开始反击，而在她眼里："他极其镇定地站在舞台上，纹丝不动，咬着一支大雪茄……对。我还记得他的这副样子，在闹哄哄的小市民中，很漂亮，很年轻，大眼睛。"她对他的态度，忍耐而宽容。1940年3月，她为马雅可夫斯基写了一首诗：

> 你的诗句爆发出有力的声音，
> 崭新的旋律不断涌现……
> 不知疲倦的年轻手臂，
> 搭建起令人生畏的脚手架。

这是她的真话，也是她在那个年代需要说出的话："那些你要摧毁的——全部崩溃了"；你的声音是"波涛澎湃的回声"；你的论争"如同吹响进军的号角，嘹亮动听"。听出弦外之音了吗？尽管这个时候不应该强求诗人保持她的"风格"，但这种宣传口号似的语言，不是初心，那就是违心的。如果还记得斯大林在1935年曾说过，马雅可夫斯基"是我们苏维埃时代最优秀、最有才华的诗人"，她对马雅可夫斯基的不吝赞美，就完全可以理解了。她要活下来，她还有儿子，她不能选择隐遁和避世。1946年8月，阿赫玛托娃还是被开除出了作家协会，她成了"旧贵族文化的残渣余孽",她"不完全是修女,不完全是荡妇,更确切地说,是混合着淫秽和祷告的荡妇与修女"。

这是一面镜子,却有着多棱镜的效果,折射出诗人的多面。

她于1963年7月写的《初次警告》,收在《子夜诗抄》组诗:

> 一切都会化为灰烬,
> 这与我们有何不同,
> 我曾生活在多少面镜子里,
> 我曾歌唱在多少深渊之畔。

>阿赫玛托娃肖像画,俄罗斯画家奥尔加作品

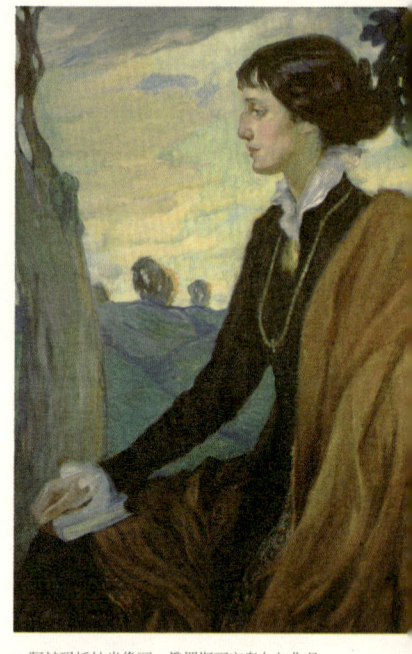

她把个人的伤痛与所处的时代,叠加在一起,指出自己伤口的同时,就撕开了社会巨大的伤痕。而这,才是导致每个人长久苦难的根源。

而诗,何为?

1939年6月,她写出了《安魂曲》的第七首《判决》:

> 没关系,我早已有所准备,
> 对此事——我也能够应付。

她悲伤,却不沉沦,更见骨气。文字里所有的冷光,都经过了痛苦的磨砺。

在镜子上看到茨维塔耶娃,一点不觉得意外。但两个女诗人之间并不是十分亲密,至少在她这边,一直有着藏而不露的冷意。1916年

1月，茨维塔耶娃来到彼得格勒，却错过了她。6月，茨维塔耶娃写下一组诗献给她，有一行"哭泣的缪斯"后来被布罗茨基作为题目，来评述自己的老师。我看过好多种她的诗集，希望找到她对茨维塔耶娃献诗的回应，但只有一首，还是1940年3月写的《迟到的回答》。回复致意，竟需要这么长时间，而且是在茨维塔耶娃从国外落魄回来之时。这首诗在最后，也预言了不祥：

> 我们周围是送葬的钟声，
> 和掩埋了我们足迹的，
> 莫斯科暴风雪的怪异的呻吟。

一年后的6月7日，她在莫斯科的朋友家里，第一次见到了茨维塔耶娃，两人闭门深谈。翌日又见一面，聊天喝酒。8月31日，茨维塔耶娃在卡马河畔的叶拉堡市的一间房子里，自缢身亡。

如果我的猜测不错的话，阿赫玛托娃对茨维塔耶娃怀有的一种冷淡，不是女诗人之间的竞争或者敌意，而是处世态度决定的，尤其是在留守国内还是逃亡国外的选择上，就像她对客居英国的情人安列普一生的难以忘怀，却又在心里产生愤慨：

> 那些抛弃了国土，任仇敌踩躏的人，
> 我决不会与他们为伍。
> 我不会去听他们粗俗的谄媚，
> 更不会为他们献上自己的歌声。

这首诗的最后，彰显的态度非常明确："我的坚守，更高傲和纯粹。"不错，她做到了。在组诗《野蔷薇开花了》第十三首，她再次表

明态度:"你多余把雄伟、荣耀、权力／抛到我的脚下。"她低声说出了最强音:

>……我不是生活在旷野里。
>黑夜和永恒的俄罗斯和我在一起。

与很多诗人、作家和艺术家不同,她没有选择流亡,也没有选择自杀,在沉默中显示了沉默的力量以及远离沉沦,即使有所妥协和违心,也保持住了尊严。活下来,成为一个见证。诗,毕竟是存在的,诗人是可以不死的。她没想过担当大义,但她确实做到了:

>千万人用我苦难的嘴在呐喊狂呼

她的诗,坚决不给权力和政治脱罪。

一切都是选择,如果说"预见"是准确的,如果说痛苦是命运的一部分。

再看这面镜子:

>进入新的爱情,
>如同进入镜子。

每一个来者必然会进入这面镜子,带着对诗人和诗的爱。很多人,千里迢迢,来自异国他乡,就像我。在镜子里看到自己,稍加审视,如能微笑一下,对伤害过我们的人,对生活的喧嚣,对命运的不公,都会在光的折射中有些和解吧。要知道,镜子上的那些人,哪一个,都比我们承受了更多的苦难。

>作者在阿赫玛托娃雕像前留影。雕像在诗人故居楼下的花园

这面镜子对着门,目送每个人离开,进入新的生活、新的爱情。

这是故居的最后一个房间,是该离开了。不带走云彩,但在心里带走了马灯,在漫长的黑夜,它会点燃篝火。它是最亮的星。

遗憾的是,没有时间再到舍列梅捷夫宫,找到镌刻在舍列梅捷夫家族盾徽上的格言:"上帝善存一切。"但是,这里能留下的,如果属于善存,也是因为诗的缘故,因为阿赫玛托娃。

我看见一个女人迎面走来,当来到铸造厂大街时,她穿着破旧的雨衣,戴着老式的帽子,因为鞋不跟脚,使劲地用力。她拎着一个小箱子,这个箱子跟了她 20 年。她留着属于她的著名的刘海,嘴里念叨着"丈夫进坟墓,儿子入监狱",又大声说"向坟墓起誓,任何人都不可能让我们投降"。她冲我微笑一下,好像在回答一个提问,慢声说"我在那里将重新获得眼泪的礼物"。

其实,是月亮就闪耀着荆棘的光辉

她从我身边走过去了。

1966年3月5日,阿赫玛托娃在莫斯科的一家疗养院去世,遗容安详。送葬那天,队伍特意绕到这里,让她与生活过的地方做最后的告别。

但我来这里不是为她送葬。她还活着。我听到她一个人在马路上低语:"人们所谓的春天,我却称之为孤独。"

我为她轻轻鼓掌,为她的生活、命运、痛苦和光荣;为她对于诗歌和命运的态度:我既不想改写它,也不会解释它。

让诗人,越来越像她写的诗吧。

也让我,让我们,越来越像自己想成为的那个样子……

＞阿赫玛托娃墓地，位于俄罗斯圣彼得堡科玛洛沃城

其实，是月亮就闪耀着荆棘的光辉

这飞翔,是布尔加科夫在黑夜的飞翔

一、斯大林给布尔加科夫打了一个电话

斯大林给布尔加科夫打了个电话,在马雅可夫斯基自杀的第五天。叶赛宁自杀后的第五年,又一个著名诗人的自杀,对一个新生的社会主义国家来说,无论如何都是一个污点。斯大林不怕再死几个作家、诗人和艺术家,只是"死相"别太难看。马雅可夫斯基的雕像矗立在"凯旋广场",高大而孤独。有很多年,这里叫"马雅可夫斯基广场"。站在这里,我想象着1930年4月14日到17日,15万民众凭吊一位诗人的壮观景象。但一想到人群中的布尔加科夫[1],神情漠然,步履沉滞,壮观即刻变为沉重。

沉重的还有电话声——1930年4月18日——在布尔加科夫家里响起:

斯大林:您的信,我们收到了。……或许真该放您到国外去?怎么,我们已使您很厌烦了吗?

布尔加科夫:最近一个时期我一直在反复思考:一个俄罗斯

---

1. 布尔加科夫(1891—1940),俄罗斯著名作家、戏剧家,代表作有小说《大师与玛格丽特》《狗心》和戏剧《图尔宾一家》《逃亡》等。

作家能不能居住在祖国之外？我觉得，不可能。

斯大林：您想得对。我也这么想。您是希望去哪里工作？是艺术剧院吗？

布尔加科夫：是的，我希望这样。我表示过这种愿望，但他们拒绝了。

斯大林：那您就往哪儿递一份申请书嘛！我看，他们会同意的……

不久，布尔加科夫在莫斯科艺术剧院担任了导演助理。工作，意味着可以过上一段安稳的日子了。他索求不多，能写作，别总饿，冬日炉里有火。作家永远不贪求天之骄子之誉，而越是陷入卑微与落魄，也就离伟大的作品不远了。这不是愿意不愿意的问题，而是命运的选择。

更是垂青。

二、那期间他那支枪是经常放在枕边的

布尔加科夫不会后悔选择了莫斯科。

他在 1926 年完成了剧本《卓依卡的住宅》，其中一个能言善辩的家伙说："假如一个人失去了一切，他就该去莫斯科了。"

再往前五年，1921 年 9 月，他与妻子来到了向往已久的莫斯科。生活窘迫，却没有失去信心，"为了能在晚上写作，必须先在白天活下来"。这实在不是一个好的年份，就说离开的两个诗人吧：先是古米廖夫，以莫须有的罪名给枪毙了；后是勃洛克，死于疾病、落魄与饥寒。

那天中午，我和宁宁走过马雅可夫斯基雕像，再从柴可夫斯基音乐厅向西，前往花园街十号的布尔加科夫故居博物馆。在大门口，一

>布尔加科夫故居院内
（范行军摄）

个牌子上写着"302"，显然是将《大师与玛格丽特》中花园街302号院，"搬迁"了过来。院子中间，一辆红色客车也醒目地标注着"302"。更吸引目光的，是左边楼第一个绿色的门，门下面立着一个雕像，是魔王沃兰德的两个随从：黑猫别格莫特、克洛维约夫。雕塑是2011年为纪念作家诞辰120周年修建的，黑猫的左手被摸得锃亮了，我自然也要摸一摸。一走进绿色的门，立刻感受到了强烈的荒诞感，从一楼到二楼，墙壁上是各种稀奇古怪的涂鸦、招贴和画，都是作家笔下的人和动物。参观是免费的。

走廊的格调确定了所有展室的氛围：多变、跳跃、穿越。从老钢琴到旧打字机，从泛黄的照片到闪动的影像，从立体的雕像到平展的书信，从破书到鲜亮的剧照，既是实实在在的现实，又带着那么一股

>布尔加科夫故居
（范行军摄）

子不确定性。似乎包含着这样的用意：伟大的小说家即使离开了人世，还在用各种方法干预生活，并在这一过程中使得来者放缓脚步，于斯于思。从一间展室出来，迎面撞到一辆红色的"302"客车，还有"头戴红围巾女共青团员惊恐的面孔"，车轮下是"莫斯科某文学协会主席的头颅"。光线暗淡，人影晃动，虚构与真实来回切换。我在一个电视前停留了一段时间，为的是看玛格丽特飞翔的身姿。作家坐着的雕像很受人欢迎，伸出的右手都被摸白了，尤其食指。我使劲摸了摸，希望多沾点灵气。拐来绕去，就看到墙上挂着一部电话——会是作家和斯大林通过话的那部电话吗——这时就见一个胖胖的女人拿起它来，听了听，放回原处。我赶紧过去拿起来，装模作样地说："我是布尔加科夫。"我的表演让一对中年情侣看到了，两人都笑了，我立刻拿出手机，点开相机，递过去，女人马上明白了，为我留下"立此存照"。

这时，我又想去摸摸那个发亮的食指了，

>作者在布尔加科夫雕像前

这飞翔，是布尔加科夫在黑夜的飞翔

123

> 布尔加科夫故居（范行军摄）

却忘了是在哪个房间，转来转去，看到展柜里放着一把手枪。它吸引住了我。

这把手枪，是那把他经常放在枕头下的手枪吗？

有人在报纸上断言，"任何一个讽刺作家都是在危害苏维埃制度"，矛头仿佛就指向了他。是他，让《死魂灵》中的乞乞科夫在社会主义制度下又"再世"了，这讽刺还不够强烈吗？可是，说不好是他放松了警惕，还是无所畏惧，还是不懂政治，或许生活交给作家的常常是一副烂牌，而他恰恰是个业余玩家，再或许如索福克勒斯[1]说的，没有人能躲开他的命运——1925年初，他把宣扬"最可怕的是人心"的小说《狗心》，拿到一个小型朗读会上去读，被国家安全总局的人立刻报告上级。《狗心》被禁止出版。1926年5月的一天，他的公寓被搜查，来人将日记和《狗心》打字稿等带走。好在高尔基后来不断干预，打字稿总算还了回来。但是，他已经被盯上了。他的剧本《土尔宾一家》得到斯坦尼斯拉夫斯基的支持，在莫斯科艺术剧院开始彩排，可他还

---

1. 索福克勒斯（前496—前406），古希腊悲剧作家，一生创作了122部悲剧和滑稽剧，代表作有《安提戈涅》《俄狄浦斯王》等。

是被无礼地传讯并接受侮辱性的盘问。《卓依卡的住宅》也从演出剧目中被划掉了。到了1928年10月，他的新剧《逃亡》在首演前被叫停。同年12月，文学界领导人法捷耶夫点名批评他有"右倾危险"，不能"视而不见"，"必须与之进行斗争"。次年春天，他的所有作品不能出版，剧作不能演出。9月，他不再沉默，给斯大林写信，陈述自己面临的困境。他在给高尔基的信中，更是表达了难以控制的愤慨，"请政府"将他们夫妇"驱逐出苏联国境"。1930年3月28日，他再次上书，情绪失控，到了崩溃边缘："对我来说，不能写作等于被活埋。我目前极端贫困，面临的只有流落街头，死于沟壑。……如果连工人也不能当，那就请苏联政府以它认为必要的任何方式尽快处置我，只要处置就行……"

正是这封信，"巧合"了不久之后马雅可夫斯基的自杀，当局担心再有著名的人物被自己"处置"，是肯定的，所以斯大林的那个电话，不是偶然的。

我盯着这把手枪。

那期间他那支枪是经常放在枕边的。

作家的第三任妻子叶莲娜·谢尔盖耶夫娜后来说。他想到了死。或者说，他不怕死，才敢于发出激愤的怒号，抱定了鱼死网破的决心。这把手枪和肖斯塔科维奇"叠加"在一起：音乐家预设了会被清洗掉，整理好衣物，拎着皮箱站在门后，等外面的人从家里扭自己带走。生即是死，不过如此吧。

布尔加科夫在上书的同时，把很多珍贵

> 布尔加科夫第三任妻子叶莲娜·谢尔盖耶夫娜

这飞翔，是布尔加科夫在黑夜的飞翔

的原稿扔进了火中。这是极度的悲愤与失望。不，是绝望，是幻灭。火，烧毁了《大师与玛格丽特》前 15 章。

"而活下去，则更艰难"——布尔加科夫送别了马雅可夫斯基，不会不理解诗人的话。1936 年 2 月 7 日，作家的妻子在日记中记录了丈夫的一个决定：要写一部关于斯大林的话剧。《巴统》讲述了青年斯大林在巴统领导罢工，被捕后又从监狱逃回的故事。写作这样一出戏，世人用"一个猜不透的谜"形容之，其实，大可不必往深了探究作家的创作动机。很多时候，羞耻是可以被接受和原谅的。1939 年 8 月，剧组在火车上收到剧院转来的斯大林办公室的指示：不可上演。同样，大可不必探究斯大林的心思。但是，斯大林曾经一遍又一遍地跑到剧场去看《土尔宾一家》，这倒是真的。

这把手枪看得我好累。来到咖啡间喝了一杯咖啡，想象了一下这个花园街 10 号的当年：即使夜深了，还有喝酒的、吵架的、拉手风琴的、跳舞的、鬼哭狼嚎的。

三、唯有死，才能使他得到宽慰

《大师与玛格丽特》的那间 50 号"凶宅"，一定也离此不远吧——下楼来到院子里，我心想。又想，在门洞里如果放一个"狗"的雕像，会让很多人想到《狗心》，是不是会更有意思一些呢？也许还会想到埃利亚斯·卡内蒂[1] 说的："我想这会让我们的世界更好。什么时候？什么时候狗可以统治世界？"

"暴风雪在门洞里哀号"——沙里克夫本来可以继续做一条流浪狗，但医学教授却把它变成了试验品，将丘贡金，一个二流子的脑垂

---

1. 埃利亚斯·卡内蒂（1905—1994），英籍犹太人，著名作家、评论家、社会学家和剧作家，代表作有《迷惘》《群众与权力》《人的疆域》等，于 1981 年获得诺贝尔文学奖。

体移植到沙里克夫的脑中。结果，狗形消退，人心复活，新的沙里克夫不改原先二流子的恶劣习性，所到之处，鸡飞猫跳，一塌糊涂。医学教授没有想到，拯救竟然"把一条可爱的狗变成一个可恶的流氓"。这怨不得他，布尔加科夫从一开始就知道：

> 现在沙里克夫表现出来的只是狗的残余习性。……你想想吧，问题的可怕在于他现在长的不是狗心，恰恰是人心。在自然界所有的心里，就数人心最坏！

这个结论非布尔加科夫首创，可是，他把难以"改造"好的"狗心"放在苏维埃的大环境之下，岂不是大煞风景？这篇小说的手稿被没收似乎也在情理之中。偏偏，作家有时就是执迷不悟，又在《大师与玛格丽特》里考察起人的"居民内心"：

> 你看，莫斯科城里的人是不是变了许多？……你的看法不错。城里的人的确变了许多……表面上果然如此。而且我看，城市本身的变化也不小。……不过，说实在的，我感兴趣的并不是什么公共汽车、电话之类的……我感兴趣的是另一个更为重要的问题：这个城市的居民内心是否起了变化？

1928 年，他，开始构思《大师与玛格丽特》。两年后，他，把写了 15 章的原稿投入火中，再重写，这不啻新生。1934 年，他，发誓"死之前一定把它写出来"。这一写，就是 12 年，修改 8 次。每一次修改都如同经历炼狱，而他，又从新的文字中活了过来。但，1939 年 10 月 4 日以后，他，只能口述了，让妻子抄录。他，最后一次口述是在 1940 年 2 月 13 日。3 月 10 日下午，他，离世。

> 布尔加科夫故居
（范行军摄）

> 孔宁准备上车体验一下布尔加
科夫文学之旅（范行军摄）

此刻，我注视着"302"客车门上作家的头像，午后的阳光照在那张瘦削的脸上。我心里十分懊悔，为没有带上中文版的《大师与玛格丽特》。在这里，我很想读一段，然后把书留下。

就读这段：

神祇啊，我的神祇！暮色苍茫的大地多么忧伤！弥漫于泥沼上空的雾幕是多么神秘！一个在这种迷雾中踯躅的人，一个死前饱经磨难的人，一个背负着力不能逮的重负在这片大地上飞翔过的人，他是深知这一点的。一个疲惫的人懂得这一点。他将毫无遗憾地抛弃大地上的迷雾，抛弃地上的泥沼和河流，心情坦然地投入死神的怀抱。他知道，唯有死，才能使他得到宽慰。

记得三年前，也是8月，在新圣女公墓，我在法捷耶夫的墓前站了一会儿，为年轻时读过他的《青年近卫军》，为他带头发动了对布尔加科夫的批判，也为他后来对逝者的评价："不论是政界人士，还是文艺界人士，都知道他是一个不论在创作上，还是在生活上，都没有背起沉重的政治谎言包袱的人。他走过的是一条真挚的人生之路……在他逝世之后，人们将比他生前更了解他，虽然这非常令人遗憾。"

因为这番话,我觉得,法捷耶夫还是有一颗人心的。但"暴风雪在门洞里哀号"的声音不会停止,我们随时都可能再遇到一个沙里克夫。

四、这飞翔,是布尔加科夫在黑夜的飞翔

在院子转了一圈,我们走进左边楼的第六单元,据说这里的顶层才是作家真正的"故居"。从一楼开始,墙上、玻璃上,都是崇拜者各式各样的涂鸦,美丽、梦幻、离奇,内容大多来自《大师与玛格丽特》。还有一些文字,看不懂但可以猜想,是书中的名言,还有就是读者的心声。涂鸦当中,最多的是飞翔的画面:玛格丽特骑着地板刷子

> 布尔加科夫故居(范行军摄)

飞翔的；她与魔鬼沃兰德两个随从骑马飞翔的；沃兰德与随从一起飞翔的。飞翔，发生在黑夜。我曾一遍又一遍地阅读小说的最后，那是可以与《神曲》和《浮士德》的结尾相媲美的飞升——作家把庄严的文字赋予了魔鬼沃兰德，充满了崇高感。沃兰德带着大师与玛格丽特就要告别莫斯科了，他"骑在高高的骏马上"，"那威严的号角般的声音，在群山之巅回荡开来"，之后，"骏马向前冲去，骑士们腾空而起，飞向远方。……沃兰德的披风在整个马队上方飘扬，渐渐遮没了傍晚的天空"。再看，沃兰德的随从们，一个个的"外貌全都起了变化"。

那个自称魔法师翻译的科罗维耶夫，如今：

骑在马上的却是一位身着紫色的忧郁的骑士。他轻轻抖动丝缰上的金环，飞行在沃兰德身旁，面无一丝笑意，自顾沉思默想。

那只黑猫：

毛茸茸的尾巴也扯下来了。它那一身皮毛全被剥了下来，撕作碎片，弃入泥沼。那只原来比黑炭团还黑的大黑猫，现在竟成了一位身材瘦削的翩翩少年，一位魔侍从，一位旷世难寻的最出色的宫廷侍从丑角。眼下他也不再插科打诨，而是仰起年轻的面庞，沐浴着一轮明月倾泻下来的清辉，无声无息地飞翔。

那个瞎眼獠牙不堪入目的阿扎泽洛也改变了：

两只眼睛完全一模一样，都是那么空漠无情，漆黑幽深，面孔则苍白冰凉。他是荒漠的精灵，魔鬼中的追魂夺命使者。

飞翔，发生在黑夜的美丽的飞翔，猛地撞上了现实，便是很多的生活日用品：铝锅，搪瓷杯，柜子，板凳，收音机，绿色的烧水壶，生锈的看起来就沉甸甸的熨斗，手风琴，打字机，电话……让人回到作家生活的年代。

可是，我的脑子里始终都是那些飞翔的画面。也许，没有这些现实的鸡毛蒜皮，也就没有思想的飞翔吧。生活交给作家一副烂牌，他越是打得稀巴烂，他的创造性越是稀罕。

这飞翔，说到底，是布尔加科夫在黑夜的飞翔。

即使死了，灵魂，也在飞翔。

五、老师，请用你沉重的大衣一角遮盖我吧

傍晚时分，来到果戈理故居的纪念碑前，想起布尔加科夫生命的后期，到此说过的话："哦，老师，请用你沉重的大衣一角遮盖我吧！"

这话，就是一句预言，发生在他死后。

他们之间相像的地方很多：都来自乌克兰，都喝过第聂伯河的水，学生在9岁时就读了老师的《死魂灵》，后来又读过多遍。他们都喜欢讽刺艺术，都能写小说又能写戏剧。他们都焚烧过原稿，只是，老师把手稿烧过后就死了，晚辈烧过书稿后重新再来。有时我想，这就是文学的一种"野火烧不尽"吧。

1940年3月10日，深夜，斯大林办公室的电话10年后再次打到作家的家里：

"是真的吗，布尔加科夫同志去世了？"

"是的，他去世了。"

我相信，斯大林希望作家去世的消息是假的。如果是假的，那么两个人不论聊些什么，都会被记载下来的。当然，作家并不稀罕这样

>布尔加科夫纪念碑,在乌克兰基辅

被记录。

又在8月,再次来到新圣女公墓,再次来到果戈理墓地前。有关这个墓地的传说很多,我只想相信:果戈理墓碑的石头与布尔加科夫墓碑的石头,是一样的。1852年3月4日果戈理去世后,墓碑用的是一块深色的斑驳的石头,是作家生前在克里米亚找到的,用马车运回了莫斯科。1931年5月,苏联废弃了丹尼洛夫修道院的名人墓地,果戈理的骨灰迁葬至新圣女公墓,新坟上立着一座作家大理石胸像。可是,原先的那块石头却不知哪里去了。布尔加科夫去世后,葬于新圣女公墓的"樱桃园",这里安葬着契诃夫和莫斯科艺术剧院的导演及演员,作家安息于此倒也不寂寞。可是,叶莲娜·谢尔盖耶夫娜不想让丈夫的墓地总是没有墓碑。其实,她一直在寻找一块能符合丈夫个性的石头。一天,她在石匠们扔弃边角料的坑洼地上,发现了一块石头,当她听说这就是被丢弃的果戈理墓地的石头时,如获至宝。

此刻,我想做一个见证,于是,我从果戈理的墓地离开,开始寻找布尔加科夫的墓地。想象中,那是一块深色的斑驳的石头。既然是石头,就不会太高。这时宁宁向我招手。我走过去。它在一棵树下,安卧,深深的颜色,深得发黑,表面坑坑洼洼,粗糙不平。左边一些毛蕨草,纤巧、青葱,影子落在石头上,轻轻摇曳。右边的玉簪叶片葱绿,紧挨着墓碑,好像要为它遮阳。墓碑中间凹下去的一块,镶嵌一方黑色的大理石面,上面镌刻着布尔加科夫与妻子的名字和生卒日——叶莲娜·谢尔盖耶夫娜与丈夫合葬在一起,也是"大师与玛格丽特"一起获得了安宁吧。墓碑前放着几个花瓶,里面插着鲜花,红的玫瑰,那是大师与玛格丽特喜欢的花。白粉相间的,是康乃馨,还有粉的、橘黄的、紫的非洲菊。这些花为敬拜者所献。还有一大束塑料工艺品,树叶间的醋栗鲜红夺目。坟墓上,盛开着粉色的秋海棠。

他,可以在此安息了。

他在《莫里哀先生传》的最后写道:路易十四召见巴黎大主教,询问莫里哀该如何安葬,剧作家的妻子此前哀号,"我只好把他运到城外去,在大路旁边挖个坑……"。大主教认为莫里哀不过是个喜剧演员,就说"国王陛下,法律禁止把他安葬在圣地上"。国王动了一点恻隐之心,最后,"就是这个莫里哀,被运到了圣·约瑟夫墓地,安葬在专理那些自杀者和未受洗礼孩子的

>布尔加科夫与妻子墓地(范行军摄)

这飞翔,是布尔加科夫在黑夜的飞翔

地界内"。他写到这里时，是不是也想到了自己的死后？但显然，他比莫里哀的命运好多了。莫里哀去世19年后的1792年7月6日，立法议会做出一项决议，要把他的坟地迁移到法兰西名胜博物馆。又过了20多年，1817年3月6日，莫里哀的灵柩再次迁移，安葬在著名的拉雪兹神父公墓。可是，安葬的尸骨是不是伟大的戏剧家的，人们表示怀疑。因为圣·约瑟夫墓地的坟墓凌乱不堪，当年在迁坟时就很难分辨哪座墓地才是伟大的剧作家的了。

> 代替墓前的玫瑰
> 和手提炉的熏香，
> 我要对你说：
> 你带来高尚的蔑视，
> 至死都如此阴郁……

这是阿赫玛托娃的诗《回忆布尔加科夫》的几行，我默念着，离开作家的墓地。

一年后9月的一个夜里，我重读《土尔宾一家》，在最后，炮兵大尉美施拉耶夫斯基说："我不走，我要在这里，留在俄罗斯。无论如何都和她在一起……"看到这里，我不知为什么会想到另一个人，生于圣彼得堡的诗人布罗茨基，他也不想离开故土，但是在1972年6月4日，还是被驱逐出境，至死没有回来。

哦，为什么，总是有一只手，一直都在，左右着人的归去来兮……

死亡并非结束，诗歌终将返乡

一、并非所有都随着死亡而结束

圣彼得堡的铸造厂大街上，有一座著名的建筑"舍列梅捷夫宫"的后花园，阿赫玛托娃故居博物馆就在花园南面的侧楼，这里还有"一个半房间"属于布罗茨基。诗人的遗物离自己真的"一个半房间"不是很远了。但有时，恰恰因为不远，却是遥远。就像诗人无法回来奔丧，先是为母亲，后是为父亲——从美国到苏联，还能算远吗？但想一想曾经的"柏林墙"和现在的"三八线"，人为的距离才是阻隔。所以，在这里看到诗人用过的打字机、旅行箱、词典、诗集，在威尼斯写给父母的明信片，奥登、阿赫玛托娃、茨维塔耶娃的相片，儿童时期的各种小玩具……一切，都会心满意足。看到了，总比看不到的好。这不是学会了自我安慰，而是现实总有冷酷的一面，是行走，一点点，教会了我。不错，布罗茨基在这里很好，就像他死在

>茨维塔耶娃照片（范行军摄）

美国，安葬在意大利威尼斯的圣米凯莱墓地，身旁不是斯特拉文斯基[1]，而是生前厌恶的庞德[2]。黑的，就是黑的；白的，总是白的。

如今，布罗茨基在阿赫玛托娃身边"暂住"，理所当然。他说过："我们去她那里，是因为她能让我们的心灵运动起来……"当然，"她那里"不是指此处。诗人的朋友说，他会认真地观察她如何说话。还有一位朋友说，她是"另一个世界的人，是来自白银时代的星辰，巨大的引力，使他的想象力'趋近光速'"。多年后，他回忆与前辈的交往，说是"她教会了我如何生活"。1996年布罗茨基在美国去世，他的遗孀玛丽娅·布罗茨基将诗人的一些遗物从美国运回，有一张书桌、一把椅子、两个装着书籍的书柜和三台打字机等。

走进阿赫玛托娃故居博物馆一楼，往左看，就能看到他的"一间半房间"了。门玻璃上的剪影是漫画式的，不太像熟悉的诗人。房间不大，20平方米的样子，屋里不是很亮，因为左边的电视屏幕上不断地出现诗人的画面——庄重的，严肃的，搞怪的。一个一人高的书架，据说是诗人的朋友通过老照片仿造的，上面有一些书和小物件。那个帆船是诗人的父亲当年从中国带回来的。一张桌子上放着打字机，会是阿赫玛托娃送的那台吗？打字机前立着茨维塔耶娃的照片。在另一张上面带格子的桌上，摆着普希金雕像、诗集、口琴、小木偶。我在小屋里快速浏览一遍，然后又慢慢重新看。我在一排书前站住了，不是为书，而是为了两张照片，左面的侧脸，右边的正面，都是曼德尔施塔姆。布罗茨基评述曼德尔斯塔姆的《文明的孩子》，令人印象深刻。我想到他说的"诗人之死"。老实讲，我怔住了，好像豁然开

---

1. 斯特拉文斯基（1882—1971），美籍俄罗斯著名的作曲家、指挥家和钢琴家。1882年6月生于圣彼得堡附近的奥拉宁堡。一战期间在瑞士居住，1920年成为法国公民，1939年在美国定居。1962年访问了苏联。代表作有《春之祭》《火鸟》等。
2. 庞德（1885—1972），美国著名诗人和文学评论家，"意象派"诗歌运动的代表人物。后来，他竟成了"反犹太主义者"，二战期间站在盟军的对立面。

朗，又有些骇然，因为眼前展开一条死亡之路——诗人用诗铺成的，怀着坚强而冷静的毅力，赋予死亡一种力量。

《文明的孩子》第一行，他就赫然提出"诗人之死"，认为："不管一件艺术作品包含什么，它都会奔向结局，而结局确定诗的形式，并拒绝复活。"再之后，他改造了柏拉图"哲学是死的练习"这一著名句式，断言："写诗也是练习死亡。"如果这一"练习死亡"针对的是诗——"奔向结局"的最后一行，那么是不是可以说，在最后一行"结局"之前，所有的，全都活着。

>曼德尔斯塔姆照片（范行军摄）

那么，是不是还可以说，写诗也是练习死亡，同样也是在操练着活法——应该是。

布罗茨基一直在"练习"死亡。他写了多篇悼念诗。死亡必然成为经常需要复习的词，像先知留下的作业。他在《写给邓恩的大哀歌》里开始关注"诗人之死"的问题，当时他23岁：

……尽管我们的生命可以分享，
世上又有谁来分担我们的死亡！

如此决然，如此冷峻。1964年1月，他视为妻子的女友竟然与朋友关系亲密，双重的背叛令他绝望，为痛苦也为尊严，他试图割断静脉自杀。这是一次流血的练习。血凝固成一片阴影。死亡的阴影从幼年就存在了：他一岁时赶上希特勒的部队围困列宁格勒，1942 年 4 月，母亲带他离开，两年后返回时，耳朵里总有炮弹的声音。1948 年从军的父亲才从中国归来，童年失去的安全感不可能得到补偿。1964 年 2 月 13 日，他被捕了，第二天在狱中心脏病第一次发作。1972 年流亡美国后他又多次因为心脏病住院治疗。人到中年，他的很多照片一点不像四十几岁的人，发胖，头发稀疏，面容苍老。不奇怪，这是由一颗脆弱的心脏启动的病人的身躯。1989 年他在一首诗开头就说："世纪将很快结束，但我将结束得更早。"多像预言。这一点，他很像他的老师阿赫玛托娃。但他相信精神的复活，那首《写给邓恩的大哀歌》最后写道："可是看那／那颗明星将光刺过云层／正是这光才使你的世界维持到今朝。"

1965 年 1 月 23 日，布罗茨基正在诺连斯卡亚村流放，意外获悉艾略特[1]逝世了，他很快写出悼诗《艾略特之死》："死神不做鬼脸／不含恶意／在厚厚的勾魂簿中／选择的必定是诗人。"死神对诗人的选择，让年轻的诗人看懂了向死而生的结局。

只有诗，可以让诗人活下来：

> 树林和草地不会忘记。
> 凡来这世上的人将知道你——
> 犹如身体在心中珍藏着
> 失去的唇和手臂的温柔。

写作死亡，反而能够安抚、镇定那颗脆弱的心脏。他焦虑，却没有恐惧。也许，也没有去替读者考虑，如法国诗人安托南·阿尔托的

---

1. 艾略特（1888—1965），英国著名诗人，代表作《荒原》《四个四重奏》等。

写作,"就像一扇敞开的门,把人们带到他们永远不会同意前往的地方。一扇通往现实的门"。他在 1977 年又写作了《挽歌:献给罗伯特·洛厄尔》:

你的丧钟在响
——一只永不停歇的闹钟。

这个"闹钟"不是叫醒,而是提醒死神的来临。如果说死亡的那一刻不是由人来决定的,不是在说人在死亡面前束手无策,那么最好的策略就是:准备好了,请来吧。

这样的"练习",是以生的姿态,逆时针而行。

我离开曼德尔施塔姆,靠近奥登[1],就是逆时针走过去的。他在一个黄色的木头镜框里,穿着西服,打领带,依然是他标志性的满脸皱纹的脸,闭嘴,抬起下巴,眼睛似乎看着前面,又似乎在思考着什么。这个镜框靠着墙,下面是一个黑色的箱子,里面曾装着打字机。布罗茨基在 1977 年夏天买了一部手提打字机,开始用英文写作,唯一的目的"乃是使自己更接近我认为是 20 世纪最伟大的心灵:威斯坦·休·奥登"。此前一年,他在缅怀恩师奥登的诗中写道:

>奥登照片(范行军摄)

---

1. 奥登(1907—1973),英裔美国诗人,20 世纪著名文学家之一,佳作颇丰,还有随笔集《染匠之手》等。

> 一个男人带着自己的绝路，去世界
> 各方周游……

对"诗人之死"的清醒审视，让他很早就不忌讳谈论自己的"后事"。还是在列宁格勒，他就说："我不选择国家／也不选择教堂墓地／我要去死在／瓦西里岛上。"

1996年1月28日，布罗茨基在美国纽约自己公寓的书房里睡着了。早晨9点，玛丽娅发现他躺在书房门后的地板上，穿着白天穿的衣服，戴着眼镜，脸上带着微笑。诗人没有留下遗嘱。当时的圣彼得堡市长索布恰克向玛丽娅建议，把诗人的遗体运回故乡，安葬在瓦西里岛。可是，诗人生前在另一首诗里又说自己愿意长眠在马萨诸塞州西部的森林。2月2日，布罗茨基安葬在纽约153街上的圣三一教堂墓地。1997年6月21日，布罗茨基的灵柩迁葬到意大利威尼斯的圣米凯莱墓地。一切好像都是注定的。1993年11月，俄罗斯著名纪录片导演伊莲娜·亚科维奇带着摄影组，为诗人拍了一个纪录片。一天，他们到了潟湖，围着圣米凯莱岛漂流。布罗茨基说："对一个俄国人来说，最有趣的不在这里，在那儿安息着斯特拉文斯基和佳吉列夫。这条运河就通向圣米凯莱岛。"布罗茨基非常喜爱古罗马诗人普洛佩提乌斯的《哀歌》，诗人的遗孀选定了其中的一行，镌刻在墓碑上："并非所有都随着死亡而结束。"这也契合了诗人的一句诗："亲爱的，没有我们的生活是可能的。"

死是绝对的。诗人的死也是绝对的。但有的诗人可以靠他的诗，活得更加绝对和纯粹。而布罗茨基把对死亡之"练习"剩下的草稿，也就留给了后面的诗人。诚如他后来说过的："逝者把自己的一部分留给我们，让我们保存它，并继续活下去，使他们也能继续存在。归根结底,生命的意义就在于此,不论我们是否意识到这一点。"

伊莲娜当年拍摄的纪录片,选在布罗茨基去世20周年的2016年1月28日,配有英文字幕,在伦敦上映,片名叫《与布罗茨基一起漫步》。如今这本《与布罗茨基漫步威尼斯》已在中国出版。伊莲娜回忆说:"他的女儿安娜-玛莉亚坐在大厅里。我突然明白,这是她第一次看到自己这样的父亲。我们拍摄时,她才5个月大,而现在,她已经长成了非常像他的漂亮姑娘。后来她说:'不是每个幼年丧父的人都能得到这样的幸福——看到他是什么样子的,感觉到人们是怎样需要他。'"

> 所有人在棺材里都将一模一样,
> 那就让我们在生前彼此不同吧。

二、我是诗人,我代替野兽步入兽笼

从舍列梅捷夫宫的后花园出来往左走,去找布罗茨基的"一个半房间"。它在铸造厂大街与彼斯捷尔街交叉路口。抵达之前,就从书和网上认识了姆鲁济大楼,还有那块浮雕,挂在靠近路口的一楼墙上。浮雕上,诗人的侧面头像下镌刻着:1955—1972。其实有18个月,他不在这里,而是被跟踪、被审查、接受精神病院的折磨、在监狱里。
在流放地。
他的一生都处在政治的流放和精神的流放之中。
2018年8月的一个中午,走出圣彼得堡普尔科沃国际机场,我回头看了一眼那个门。1972年6月4日,布罗茨基是不是也在这里站了一下?那天他穿着红色的毛衣,他走进去,再也没回来。时间再往前一些,1966年3月5日,阿赫玛托娃去世,布罗茨基和友人在科马罗沃为老师的墓地选址，也选定了诗歌之路。7月26日，苏联作家出版社讨论他的诗集《冬邮》，却又在12月将手稿退了回来。但是，他的诗歌却已经走出了封锁，他个人也频频收到西方国家的访问邀请。布罗茨基这个名字越来越成为苏联当局眼中的一根刺儿。1972年5月12日，他被列宁格勒警察局签证处传唤过去，给了他两个选择：移民；被关进监狱或精神病院。他选择了移民。他并不想马上离开，但当局恨不得他立刻抬屁股走人，并计划将他发配到以色列。可他想去维也纳，因为自己的偶像奥登在那里。他登上飞机也就登上了被驱逐出境的第一步，从此，失去了苏联国籍。多亏了诗歌，让他找到了朋友。从此在很多地方，他都有美好的相遇。在他获得诺贝尔文学奖（1987年）八年后，也就是1995年，爱尔兰诗人希尼也获得该奖，两人就相识于布罗茨基的那次流亡，他们都参加了6月的伦敦国际诗歌节。希尼说："打从认识他开始，他就是一种可靠的存在。"1972年6月26日，美国密执安大学向他发出担任"驻校诗人"的正式邀请函。7月9日，他飞往美国底特律。

此刻，在这条大街西边的人行道上走着，走在阴影里，也走在不知哪位诗人的脚步里。大街两侧的楼房一个挨着一个，没有空隙。因为都粉刷着颜色，淡黄、清粉、浅蓝，很像各种风格的积木拼接在一起，阳光下就有点童话的格调。看到这些，很难想象坐飞机体验的"俄式降落"之虎悍。楼都不高，最高不过六层的样子，可以望到很远的天空。云彩的呈现都是极其夸张的一大朵，又一大朵，停在空中，仿佛蹦高就能撕下来一条。路中间的车开得飞快，不时传来震耳欲聋的突突突，是年轻人骑着摩托驶过。一些店面门口，不时会遇上一个或两三个吸烟的年轻女子，见有人过来会把脸转向墙面或扭过头去。我想，如果迎面走过来的是诗人而且她们认出了他，又会怎样？但她们一定想不到，我是去看诗人的。

诗人故居还没有开放，只能看到那块浮雕。恰恰因为看不到很多，能看到的，就尤显珍贵。而我相信，只要站在那里，还是能够有所发现，就像诗人说的，属于"即对生活的意义和其他一切东西的寻找"。而一路走来，已是在寻找了。大约走了 20 分钟，目的地就在右前方出现了。

　　1955 年，布罗茨基一家搬到姆鲁济大楼。这是一座地标建筑，普希金的长子在这里住过，作家梅列日科夫斯基和女诗人吉皮乌斯[1]曾住在他家的另一侧，勃洛克也常来这里，阿赫玛托娃的第一任丈夫古米廖夫经常在这里举办诗歌讲座。1920 年暮秋的一天，古米廖夫在"文学家之家"告诉朋友们，曼德尔施塔姆来了。果然没过几天，曼德尔施塔姆就在这里朗诵了新诗。布罗茨基喜欢曼德尔斯塔姆的诗，应该可以想象得到前辈的样子：他剧烈地、大幅度地挥动双手，仿佛在指挥着看不见的乐队，声音坚定洪亮：

　　　　金羊毛，金羊毛，你在哪里呢？
　　　　整个旅程是大海沉重波涛的轰响声。
　　　　待上岸时，船帆布早已在海上破烂，
　　　　奥德修斯归来，被时间和空间充满。

　　现在，我站在了十字路口，看着马路对面，能够感受到那块浮雕所具有的吸力。强大的磁铁般的吸力。一辆公交车停在前面，但我的目光已经穿透了它。绿灯一闪，立刻过马路，旁若无人。我相信我是一直盯着浮雕上的头像走过去的。一束玫瑰倒插在浮雕左面，叶子卷曲，两朵玫瑰还是紫红的。它上面是几根枯枝，曾经也是鲜花来着。浮雕右边与墙面的缝隙，也插着两束花，上面的用塑料包裹，焦黄

---

1. 梅列日科夫斯基（1865—1941）和女诗人吉皮乌斯（1869—1945），夫妻。前者是俄罗斯著名的诗人、小说家、批评家；后者是俄罗斯著名的诗人。

死亡并非结束，诗歌终将返乡

>布罗茨基的浮雕

>姆鲁济大楼，一楼墙上挂着布罗茨基的浮雕（范行军摄）

了，看不出什么花，却能看出花朵很大，要是盛开会有碗大的。它下面是几朵绢花，样子像绣球，已经发灰，刚放到这里时应该是白的。我想象不出一个人如何才能把花插上，除非扛着梯子过来。此刻，头上没有阴凉了，立刻感到了热，除了阳光明晃晃的，墙面也成了散热板。我没考虑这些，手拍着墙面，再伸出手臂，伸向那座浮雕。我无法够到，但也没觉得有太长的距离。在我伸向它的那一刻，磁铁和铁，就在一起了。

1955 年 11 月，搬进新居的布罗茨基决定退学，不想再读八年级的课程了。他的学校教育结束了，从此开始了不安定的生活。第二年，他就到兵工厂当铣工，又在医院太平间工作，还当过澡堂锅炉工、灯塔守护人。1957 年夏天，前往北疆跟随勘查队工作。所谓工作就是在田野里干的体力活，他的一个队友回忆说："他背着背囊，时常是很重的背囊，他不恐惧那些没有尽头的旅程，尽管那些旅程常常是冒险的，艰难的。"当好多同学继续在教室里安静听讲时，他经常要涉水、划船，渡过林中宽阔的河流。他以自己的方式进入社会大学，在阳光下眯缝眼睛，勘测远方。但月光和篝火都没有帮他解决迷路，他在纸上通过诗歌，寻找到了孤独的出路。他在写给中学时代一位女友的信中说："我想让你正确地理解我。我现在所做的一切，都仅仅是寻找。寻找新的思想、新的形象，更重要的，寻找新的形式。"诗人的好朋友谢洛夫认为，他把诗歌当作了一种自我确立的方式，同时面对一些难解问题时是一种寻求答案的方式。诗歌没有成为生活的反映，更多的是一种内省和内醒。

我小心地往后退几步，抬头看着这座建筑。直线条、硬朗，像不徇私情的古板男人，残留着帝国的僵硬。因为临街，窗都关着，一扇蓝灰色的门也关着。我过去拽了一下，门当然是锁死了。门上有个碗大的窟窿，我凑过去往里面看，什么也看不见。我知道接下来的举动很好笑，还是冲里面喊了一声"布罗茨基"。

在这里，布罗茨基在父亲从中国带回的俄语打字机上写出了第一首诗。"当书籍和对隐私的需要戏剧性地增加后，我便进一步瓜分我那半个房间。"站在楼下，我仿佛能听到诗人的窃窃私语。他一点点布置，重新摆放两个橱柜，把家里的皮箱都放到橱柜上面，成为一道屏障，这样，"屏障背后，那个顽童感到安全了，而某位玛琳娜可以不只裸露她的乳房"。即使他在美国有了自己的公寓，还是按照这里的格局布置房间，在他看来，这里始终"是我所知最好的十平方米"。是男人，心里都存在这样的一间房子，虽然不大，但有床有书有地图有烟味有女孩子的头发留在枕头上。但，布罗茨基成了诗人。

我来到大楼的右侧大街上，也就是彼斯捷尔街——以被处死的十二月党人领袖名字命名的大街。阴凉尾随而来，没有阳光照射，我抬头寻找二楼二十八室的阳台——阳台上干干净净，恍惚间那道门开了:从中国"搜刮"了很多东西的父亲,端着照相机出来,寻找光线和背景,回头喊了一声,儿子出来了,有些腼腆,鼻子挺拔,看着前方。于是,一张背景上带有圣主显容大教堂的照片和此刻重叠——教堂就在那边,露出了被树叶遮挡了许多的圆顶——咣当一声,吓我一跳,原来是有人进了开在地下室的花店。阳台上又空空荡荡了,但你就是相信,该在的,还在。"从这个阳台上,我们可以看到整条街道",我看看这边,又看看那边,即使认出某个建筑属于风景,也显得陌生。但对诗人,在他的诗歌进入你的黎明与黄昏后,不是说他的风格也进入了你的生活,而是你进入了他的生活。

我常常经历诗人所经历的。我要是不喜欢冒险,就绝不会看到他

> 布罗茨基在故居阳台上,他右侧是
圣主显容大教堂

> 圣主显容大教堂(范行军摄)

的跋涉;我要是不喜欢在海里游泳,就不会听到"水相当于是时间,向美献上了它的倒影";我最受挫折的不眠之夜,常常品味诗人失去玛琳娜的眼泪,失去父母的眼泪。

1956—1963 年,诗人换了 13 个工作,有一年险些成为劫机犯,

这为他日后被驱逐出境埋下隐患。1957年，诗人认识了奥列格·沙赫马托夫，他比诗人大个六七岁，曾是战斗机飞行员。退役的飞行员受到诗人的影响，读了一些哲学、宗教的书，两人很是投缘。多年后，诗人对记者说，他们计划逃离苏联，就是买下一架飞机的所有座位，他负责打晕飞行员，奥列格负责驾驶飞机，先飞往阿富汗，然后再去古巴。诗人说这个主意是他想出来的。他们买好了机票，背包里藏好了石头，如果起飞……当然，计划没有实行。诗人应该感谢朋友的背叛，否则，用石头砸晕一个无辜者脑袋的人，是无法写出诗来的。

这些年诗人合计的工作时间为两年八个月——反对他的人认为，写诗不算劳动。诗人，常常会成为一个政府恐惧或者说是担心的炸弹。当他的诗开始广为流传，不仅在文学圈，还广受青年欢迎，被传抄，被谱曲演唱，声名鹊起——很自然的，他被盯上了。1963年11月29日，《列宁格勒晚报》刊登了日后被世界文学史记住的文章《文学寄生虫》，连诗人的形象都描写出来了，嘲讽他冬天里"外出总是不戴帽子"，"雪花肆无忌惮地扑落在他红褐色的头发"，好像也是一种罪过。此篇奇文，说诗人的诗歌是"颓废主义"，是"才气平庸的模仿"，逻辑也极其混乱，声称没有"受过中学教育"就不会有知识，完全忘了诗人的文学前辈里，高尔基和马雅可夫斯基都没受过"教育"，而诗人的读者是"一批唯美主义的青年男女"也属于庸俗和腐朽。文章抓住诗人作品中"喜爱异乡"判定他"不爱祖国"，又忘了勃洛克诗中是多么向往"异域"。最后，该文对诗人做了舆论上的宣判："布罗茨基并没有悔改。他继续过着寄生虫似的生活。身体健康的26岁青年，将近四年没有从事任何对社会有益的劳动。……显然，应当不再纵容文学寄生虫。像布罗茨基一样的人，在列宁格勒没有容身之处。"12月13日，列宁格勒作家协会领导准许控告布罗茨基。阿赫玛托娃等人的说情、让诗人住进精神病院以逃避逮捕，也没起到作用。

1964年2月13日，布罗茨基因"不劳而获罪"被捕，被判处强制劳动五年。6月中旬，他获准前往列宁格勒休假三天。23日，他与阿赫玛托娃在火车站上见了一面。我一直记着这个时刻，那次拖着旅行箱走下火车时，还在想：在这里，阿赫玛托娃看见他时，是微笑了还是流泪了。让当局没有想到的是，庭审记录被传到了西方，成了世界性丑闻。布罗茨基是幸运的，他获得了多方声援。1965年8月17日，法国哲学家、作家萨特致信苏联最高苏维埃主席米高扬，为他辩护。当然，还有很多有良知的艺术家、诗人、作家为他奔走。9月4日，苏联最高苏维埃做出决定缩短布罗茨基刑期，9月23日他被正式释放。

一场荒唐的审判，让诗人经历了怎样的生活——"我代替野兽步入兽笼"。他被流放到偏远的北疆，阿尔汉格尔斯克州的科诺沙区，诺连斯卡亚村，这里只有14户人家。他要自己找工作。他开始干各种杂活来体现"劳动者"的姿态。好在他对北方并不陌生，列宁格勒被围困时，他与母亲就疏散到切列波维茨，他在童年就领略到了寒冷和冰雪。只是这一次的冰天雪地里，裹挟着政治寒流，更冷。

后来，他谈到了那段经历："我一生中最好的时期之一。没有比它更糟的时候，但比它更好的时期似乎也没有。"

如何理解"最好"？正是在寒冷的北方的小木屋，在熟读了普希金、勃洛克、曼德尔施塔姆、阿赫玛托娃之后，靠着"巨石似的英俄词典"，他深入研读了西方经典诗人的作品：约翰·邓恩、托马斯·哈代、叶芝、艾略特、奥登、弗罗斯特、华莱士·史蒂文森。他的视野一下子从列宁格勒那狭隘而又喧嚣的氛围中开阔起来。他从一本诗集上看到了奥登的照片："仔细地看奥登，发生于我在北方服刑期间，那是一个小村子，隐没在沼泽和森林里，靠近北极。……当时当地我完全被震呆了。"他的英语阅读能力大有长进。只是读奥登，就要不断地通过词典"一页页翻查每一个词，每一个隐喻"。而劳动、阅读、写诗

>布罗茨基在流放地诺连斯卡亚

>布罗茨基流放地故居,诺连斯卡亚

>布罗茨基手绘流放地

之余,思考填补了剩余的空虚和孤独。

"没有比它更糟的时候"——在《献给奥古斯塔的新诗篇》第四节:"我的心突然悸动 / 我感觉出 / 身体上的缺口 / 寒冷灌进胸腔 / 摇荡着我的心脏";第七节:"整个村子没有一星灯光 / 我踯躅在无人的世界 / 借用一种非存在的身份。"

但是:

只要不用烂泥封住我的嘴
嘴里响起的就只是感恩的声音

再看《1965年元旦》的最后:

……抬起你的眼睛,

朝向天堂的光明,你发现:

死亡并非结束,诗歌终将返乡

礼品原就是你的生命。

布罗茨基于 1972 年 7 月来到美国底特律，9 月开始在密歇根大学讲授俄罗斯诗歌。这一年他写了一首诗，就叫《1972》，有反思，有总结，有顿悟，也有未来："所有可能失去的都已经失去 / 但也差不多得到我的全部追求。"有时，"我感觉想哭 / 但实在没有意义"，但"还可以忍耐"，也许能帮助他的，"在某些历史时期，只有诗歌有能力处理现实"。

谢洛夫在诗人的传记中说，布罗茨基有一个原则立场就是："在一位成熟的诗人那里，不是生活经验和存在影响了诗作，而是相反，诗作可能影响到存在。"诗人写于 1966 年的《一个预言》中，表达了与心爱女人"我们一同生活在海边"以及生个孩子的愿望：

如果生男孩，儿子叫安德烈，
女儿便叫安娜，我们的俄语
将因此印上那小小的皱脸，
永不会被忘记。

1967 年 10 月，玛琳娜·巴斯马诺娃为诗人生下了儿子，取名安德烈。玛琳娜温暖了诗人流放的心，诺连斯卡亚的小木屋，见证着爱。但玛琳娜却带着儿子离开了诗人。但她始终是诗人的爱情。

在诗人写给女人的诗中，"致 F.W"有好几首，其中《洗衣桥》最令人关注，这里隐含着一段未能走到一起的情缘，也是契合了诗中所言。1968 年 3 月，年轻的英国女子费思·维罗泽尔来到列宁格勒，这位伦敦大学在读博士研究生喜欢研究俄罗斯文学，就带着这个项目以访问学者的身份来到这里。一次读书会上，她认识了布罗茨基，一下

>洗衣桥,圣彼得堡第一座石桥

子就被这个笑起来有些腼腆、声音独特的年轻诗人所吸引。两人一见如故。自此,每次读书会一结束,布罗茨基都会带着她沿着柴可夫斯基大街散步,再到丰坦卡河边,然后到洗衣桥[1],把女伴送回宾馆。洗衣桥流水流逝,也留下了一首著名的诗:

> 在洗衣桥上,我和你曾
> 模仿刻度盘上的指针,
> 指针在十二点相逢,此后
> 不是分别一昼夜,而是永别

不难想象,指针的"相逢"是"拥抱"。但"指针"分开之后虽是分别转动,还是会"相逢"的,可是诗人没有再写"相逢",而是"永别"——费思六周后离开了列宁格勒,回到伦敦——诗人一定是想到了,自己与她,再也无法走到一起。他出国无望,而自身现状也不足以让她再来。但是,1972年他被驱逐出了苏联,第一站先到奥地利,然后在六月与奥登一起到了伦敦,参加国际诗歌节,这样他就再一次

---

1. 洗衣桥,建于1769年,通往夏花园,它是圣彼得堡的第一座石桥,宽14米,长40米,横跨丰坦卡河。桥的名称来源于附近宫廷的洗衣房。

有了与费思"相逢"的机会。两人见面了,他被面前身怀六甲的女人所震惊,又马上恢复了平静。显然,费思已经嫁人了。后来的费思教授对两人的这段情感,没有多加解释,只是说那次之后又恢复了联系,诗人获得诺贝尔文学奖还在伦敦聚会庆祝过,诗人去世后,她也到意大利的威尼斯圣米凯莱墓地拜谒。但这段交往并不简单——《布罗茨基诗歌全集》里关于《洗衣桥》这首诗有这样的注释:"1968年布罗茨基和费思·维罗泽尔曾考虑进入婚姻殿堂的可能性。"也许,这种"可能性"就是被诗人最后的"永别"——"影响到存在"了吧。

再回到诗人与昔日恋人玛琳娜的情感,无须赘言,他给她的情诗,直到1990年1月11日,在巴黎认识了俄裔贵族女子玛丽娅·索扎尼,才停止。当年9月1日,50岁的布罗茨基与玛丽娅在瑞典结婚。1993年,心爱的妻子为他生了一个女儿,取名:安娜。儿子和女儿的名字,都是按照诗人的诗句取的,印证了"诗作可能影响到存在"。

诗人如果再晚走一些时间,他一定会带着妻女回到故乡的城市,回到这里,走上他的"一个半房间"。写作《一个半房间》时,诗人还没结婚,但他回忆童年的生活仿佛就是要给未来的孩子看的,他写父亲,"他喜欢亲近水,他崇拜大海。……那台有俄语字面的打字机,也是父亲从中国搜罗来的东西的一部分,尽管他没有料到它会被儿子拿来用"。他写母亲,"她在我四岁时教我阅读;我猜,我大多数姿态、语气和行为方式,都是她的。还有些习惯,包括抽烟"。诗人从图书馆借阅的第一本书,就来自母亲的建议,"它是波斯诗人萨迪的《蔷薇园》"。诗人的这篇随笔是献给父母的,也是献给所有父母的:

> 我不仅感谢母亲和父亲给我一个生命,而且感激他们没有把他们的孩子养成一个奴隶。

当年，列宁格勒的法官问诗人是什么职业时，他回答：我是诗人。

有人说，布罗茨基不愿意让诗作被视为生活变故的直接反映。在他献给阿赫玛托娃的《哀泣的缪斯》里，他说诗歌"能留存下来是因为语言比国家古老，也因为作诗法永远比历史更长久"。

人总是有很多遗憾，就像我此次重返俄罗斯，却不能到诗人的流放地科诺沙走一走。在那里，贴近了枯枝败叶，才能靠近一个当代诗人的被流放——是"我代替野兽步入兽笼"，也更能从辽阔的冰天雪地，领会到越是被流放，诗人的世界越是宽广，诗也就越发自由——从奥维德[1]，到但丁，到曼德尔斯塔姆，再到布罗茨基。总有政权喜欢流放诗人，好像不信：诗是无法被囚禁的。世上多一个流放地，就会多一座纪念碑。

曼德尔斯塔姆说："诗歌啊，风暴对你有好处！"

马路上又传来一阵摩托的轰响，是往涅克拉索夫站着的方向去的，也是往阿赫玛托娃站着的方向去的。既然站立着，诗人也就必须适应各种喧嚣。幸运的是很多时候，我是诗人的追随者，理解道路，也就理解了喧哗。正是在各种喧哗中，又是诗，教会了我能够自觉地安静下来。

也许，布罗茨基说得更好："我允许自己做任何事情，除了抱怨。"

三、诗歌的返乡

此刻，我安静得就像与一位老友把酒言欢之后，想要离开，再到一个地方躺下来。我知道，这是一种心满意足的被喂养——追寻之路，总是一张营养丰富的大饼。但又不想马上离开，到此就带着进不

---

1. 奥维德（前43—17），古罗马诗人。公元8年，被流放到黑海之滨的托密斯（今日罗马尼亚的康斯坦察），在当时是罗马帝国与蛮族的交界地带。他在那里度过了最后的生命。他的放逐诗歌影响深远。

去"一个半房间"的遗憾,能不能再到这座大楼的后院看看呢?于是向着圣主显容大教堂的方向走,走了几十米,看到一个门洞就走进去,再右拐,就到了诗人家的后院。

这也是一座城市的光鲜的背后。

"正面"与"背面"永远存在着差别。

这里,没有了面向大街表面的那些装饰、花纹、雕刻,简单的平面构造。墙面刷成淡黄色。二楼的两个窗户被密封住了,我猜可能就是布罗茨基家的窗户,因为故居纪念馆没能开放,又是在后院,不涉及有碍观瞻,只好密封了。这里真是一个后院,还有两座楼形成了一个"四合院",与铸造厂大街平行的楼,外墙面搭着脚手架,有工人在粉刷墙壁。楼下停了好些车,有日本车,有韩国车,也有凯迪拉克和奔驰,两辆苏联时期的"拉达"彻底地停在窗下,因为轮胎都瘪了,车顶落满灰尘,倒是一块车门玻璃擦得干干净净,一定是女人出门或是回家,都要在此照一下,把它当成镜子。这块玻璃让我想起诗人的话:"下班时,母亲那装满马铃薯和卷心菜的网线袋里总有一本从图书馆借来的书,包在报纸做的封套里,以防弄脏。"这时,右前方的门开

\>布罗茨基故居的后院

了,走出一个胖女孩,随手关上门,然后点着一支烟,使劲吸着。我想求她把门打开,上楼去看看,突然看清她的脸色非常痛苦,还有愤怒。她看见我盯着她,转过身去。我能看出来,她长长地吐出了一口气,连同嘴里的烟。我不好意思再去打扰她了。等我拍了几张照片,犹豫着是不是等她把烟吸完,请她开门允许上楼看看时,她不见了。也许,她揣摩出了我的心思,不愿让外人走进这座大楼吧,而不知道密码是无法走进居民楼的。

从后院出来向右拐,走了几十步就到了圣主显容大教堂的对面。与伊萨基辅大教堂和喀山大教堂比,它就算不得大了。但在少年布罗茨基的眼里,它是高大的。我没走过去,隔着马路看着用炮身垒砌的"围墙",想象着在院子里,他的母亲教他骑自行车的样子,还有"孩子们在链上狂野地荡秋千,既享受可能跌在下面的尖铁上的危险,又享受那铿锵声"。

在这里站了一会儿,莫名地有一种失落,转身走回十字路口。再次看看阳台,再次看看浮雕,绿灯亮了,也就走过了马路。走了几步,还是停下来回望。一位诗人对这座大楼有过描写:"楼房外雕凿过的花岗岩/保存不了人们的传奇/但居住期间的另一些生物/却留下了自己的话语。"我让自己记着:下次来,要带鲜花,再留下一句话——来自红烧肉和松鼠桂鱼的国家的爱诗者。诗人喜欢中国菜,在美国,他就经常到钟爱的便宜的中国小酒馆去。1948 年,他父亲从中国带回的一些东西上的汉字令他着迷。20 世纪 80 年代后期,在他的每一次公开朗诵会上,都会朗诵《明朝来信》。后来,他又对中国古典诗歌产生强烈的兴趣,开始选修汉语课。我相信,下次再来,就会在"一个半房间"里看见很多中国纪念品:青铜帆船,打字机,小瓷器,还有一个行李箱——他流亡时,就带着这个行李箱。这样想着,我就大步往前走了,一边看着马路对面,结果看到来时没有看到的,离"一个半房间"不远处一家商店门上,是一个大大的汉字——鋑。不要用"金"子"送"了,后会有期。因为再过几天,我和朋友孔宁要从莫斯科飞往克里米亚,也许还会遇见诗人的。诗人多次到过雅尔塔,还在塞瓦斯托波尔拍过电影,在《致一名女诗人》中写道:

> 我回忆起我们在克里米亚旅行,
> 那时我们热爱自然,喜爱瞭望
> 山野的风光——越是美丽越是自由。

几天之后,在雅尔塔,当我们从山上的契诃夫故居下来,坐在普希金路旁的一个酒店,我想起诗人的一句诗"求求你,时光,请留下"。时光留不下来,但诗可以。布罗茨基离开祖国前,给勃列日涅夫写了一封信:"我虽然失去了苏联国籍,但我仍是一名苏联诗人。我相信我会归来,诗人永远会归来的,不是他本人归来,就是他的作品归来。"1987年10月,布罗茨基获得了诺贝尔文学奖,这不是从美国纽约通向瑞典的斯德哥尔摩,而是从俄罗斯的圣彼得堡走向瑞典的斯德哥尔摩。因为是俄罗斯诗人获奖了,所以布罗茨基没有用英语讲演,而是用的母语:"在我看来,至少五人获奖了。他们是曼德尔斯塔姆、阿赫玛托娃、茨维塔耶娃、奥登、弗罗斯特。没有他们,我无法以作家和诗人的身份站在这里。没有他们,我十分渺小。"前三位,都是他必须感恩的俄语诗歌的老师。12月,俄罗斯《新世界》第十二期,自1967年后,第一次刊登了诗人的诗歌特辑,有《致一位罗马友人》,还有《明朝来信》……自此,诗人布罗茨基的诗歌开始了返乡。

但,1997年6月21日,诗人却永远地安息在了意大利威尼斯的圣米凯莱墓地。诗人的故乡,再也无法迎回自己的儿子。

这天傍晚,从雅尔塔的海滨大道往山上的酒店走,走上的路叫果戈理路，旁边有一家书店，在橱窗里看到一张沧桑的面孔。走进书店，找到这本书，翻开，虽然看不懂，但文字是分行的。是诗。布罗茨基的诗。

再次回到路上，天已显得黑了一些，向山上望去，想找到契诃夫故居的方向，只看到淡淡的几朵玫瑰色的云。路边的山沟里流淌着从山上流下的水，细听还是能够听到潺潺的流水声。流水里映出那张未老就已沧桑的脸，但只要他开口说话，我相信听到的一定是：

低下头来，我有话要向你附耳低语：我
为一切而感恩；为鸡的脆骨
也为剪子连续而急促的声音，它已为我
剪破黑暗，既然黑暗——是你的。

此刻，我一边俯首低语，一边上山，一边寻找饭店，为饿了而感恩道路……

>布罗茨基墓地，在意大利威尼斯圣米凯莱岛公墓

死亡并非结束，诗歌终将返乡

保尔·柯察金刀穗的"断失"

一、没有成为钢铁,但懂得了爱

成长,或者救赎,是需要被引领的。

但丁是在"人生的中途","迷失在一个黑暗的森林之中",被维吉尔引导;我是在年少,被保尔·柯察金所吸引,而冬妮亚用单纯之美辅导我什么叫作初恋。我从不后悔也不忌讳,一些价值观的启蒙来自《钢铁是怎样炼成的》。我也不为没能成为钢铁而羞愧,成为男人亦很欣然。我敬爱贝雅特丽齐,但我更眷恋那个梳着栗色辫子奔跑的少女。我把连环画《钢铁是怎样炼成的》带到俄罗斯,又带到新圣女公墓,我在心里默默地说:找到他,无须带路。

我独自走开,当朋友们还在斯大林的妻子墓地前。

当我的目光追索到一块棕色的花岗岩,追索到一顶布琼尼军帽,追索到一把骑兵军刀,我的心狂跳起来。

我站在了奥斯特洛夫斯基[1]的面前。

我敬礼,姿势不够标准,但足以表达敬意。这时,美丽的俄罗斯

---

[1] 奥斯特洛夫斯基(1904—1936),苏联著名的无产阶级作家、革命家。他15岁时参加红军,16岁时在战斗中不幸身负重伤,22岁时双目失明,25岁时身体瘫痪。他历时三载,克服难以想象的困难,创作了《钢铁是怎样炼成的》,书中主人公保尔·柯察金成为无数青年的英雄。他还有未完成的《暴风雨所诞生的》。

导游丽达，走过来。

"奥斯特洛夫斯基。"我说。

她似乎不太理解我方才的举动，看了看墓碑，点点头。

我再次面对墓地。第一眼看到的花岗岩是长方体的，近一米高，上面的布琼尼军帽对着前方，还有一把骑兵军刀，让人想起策马驰骋的保尔受伤了，"像一根稻草似的被打下马鞍，翻过马头，沉重地摔在地上"。这块雕塑后面是一块大的四方体花岗岩，上方镌刻着金色的"奥斯特洛夫斯基"签名，石头上是一座黑色的雕像：他斜靠着，腰和双腿"隐藏"在石头里；面孔向左，

> 作者在奥斯特洛夫斯基墓地，2015 年 8 月

头发呈波浪，仿佛"从遥远的土耳其吹来的干燥的海风吹着他的脸"；他的脸颊消瘦，目光坚定；左手放在左胸上，似乎在轻轻抚摸那里的疼痛；右手握拳，放在一摞书稿上，会是《暴风雨所诞生的》吧？

我拿出连环画给丽达看看，她笑笑。她无法理解这本小人书对我的意义。这上面的每一页，于我，都补充了少年时代所缺乏的精神之钙。保尔的拳头教会我如何面对挑衅，保尔的奔跑指导我如何追上女孩子，保尔的伤痛留在我的身上。我一遍又一遍地读着保尔，我一遍又一遍地讲述着保尔，在放学的路上，在磨镰刀的时候，在钓鱼的傍晚。我只讲保尔，冬妮亚的所有秘密为我独享。

保尔正在聚精会神地钓鱼，突然来了个不认识的姑娘，在他

保尔·柯察金刀穗的"断失"

>小人书《钢铁是怎样炼成的》

　　身后多嘴多舌，保尔很生气。

　　"咬钩了，瞧，咬钩了。"

　　"你别瞎嚷嚷好不好？把鱼都给吓跑了。"

　　姑娘微笑着忙向保尔道歉，这使得保尔倒不好意思起来，便请姑娘在旁边看。姑娘就在身边选了一个地方坐下，看起书来。

　　我从这段话里学会了"嚷嚷"，以前都说"吵吵"，于是就出现了这种情形：当我看书或者想睡觉而旁边有人说话，我就说"别嚷嚷了"，话一出口大家都愣了，好像是我"吵吵"到他们了。那时，我开始渴望钓鱼时身边也坐着一个看书的姑娘。可是陪我的总是一条抱回家养大的流浪狗，三哥给它起名——力达。

　　我和流浪狗一起长大。力达的毛越来越金黄，我在被窝里看的书也越来越厚。小说比小人书好看多了，虽然没有了插图：

　　"这里还能钓到鱼吗？"

　　保尔生气地回头看了看。

　　他看见一个不认得的女孩子正扶着柳枝，身子低低地俯在水面上。她穿着领子上有蓝条儿的白色水手衫和浅灰色的短裙子。一双绣花短袜紧紧地套在晒黑了的匀称的小腿上，下面穿的是棕色的皮鞋。栗色的头发编成了一条粗大的辫子。

拿着钓竿的手轻轻地动了一下,鹅毛浮子在平静的水面上动了动,荡起了一层层的波纹。

他身后轻柔的声音又在激动地说:

"咬钩了,瞧,咬钩了。"

保尔心慌意乱了,他迅速地拉起钓竿,把钩着蚯蚓的钓钩提上来,带起了一行水花。

"真倒霉,现在还能钓个鬼!从哪里跑出这么个妖精。"保尔生气地想。为了掩盖自己的笨拙,他用力把钓钩向更远的水中抛去,正好落在两支牛蒡草中间,这恰恰是他不应当抛到的地方,因为这样鱼钩就会挂在牛蒡的根上。

保尔想了一下,头也不回地向后面的姑娘小声说:

"您别嚷嚷好不好?这样把鱼都吓跑了。"

我喜欢看保尔和冬妮亚打嘴仗。更喜欢后面的情节:冬妮亚的两个朋友对保尔在此钓鱼不满意,让保尔滚开。哪里有压迫,哪里就有反抗:保尔一拳将其中的一个打到水里。

好啊,好啊!打得太漂亮了!

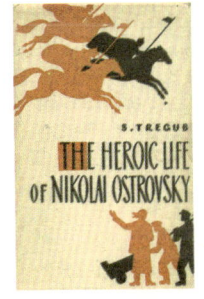

> 《尼古拉·奥斯特洛夫斯基英雄的一生》英文版封面及苏联发行的纪念奥斯特洛夫斯基的邮票

冬妮亚的声音在无数的夜晚响起，亮如星星。而她跑起来的姿势，让我独自上路不再寂寞。

"现在起跑：一，二，三。您追吧！"于是，她就像一阵旋风似的跑到前面去了。她那双小靴子的后跟，像电光一样闪着，蓝色的外套在风中飘舞。

保尔在她的后面紧追。

"我马上就可以追上她。"保尔想，拼命追她那飘动着的外衣，但是一直到了大路尽头，离车站不远的地方，才追上她。他猛冲过去，双手紧紧地抱住她的肩膀。

"捉住了，小鸟给捉住了！"他快活地喊着说，累得几乎喘不过气来。

"放手，怪疼的。"她挣扎着说。

两个人都站住了，呼哧呼哧地喘气，心全都剧烈地跳动着。冬妮亚由于疯狂奔跑，累得厉害，就仿佛无意地稍稍靠着保尔，这么一来，使得他们更亲近了。虽然这只是一刹那间的事情，但是已经深深地刻在记忆里了。

接着冬妮亚掰开保尔的双手，对他说："从来没有人追上我。"

>小人书《钢铁是怎样炼成的》

这个情景再也无法被替换。但凡日后看到男追女或者女追男，不论在银幕上，还是在舞台上，一概让我感到无聊，甚至恶心。我对自己的体重总是很在意，更在意的可能是让女人可以"靠着"吧。

我拒绝长大的冬妮亚。连环画中冬妮亚与保尔分手的那几页，都用糨子粘上。我用了最幼稚的方法，想要留住初恋的纯情与善良。庆幸的是，我至今还保留着对爱情的纯真理解。

我有很长时间不敢阅读小说中这对恋人的分道扬镳，更不敢去看嫁为人妇的冬妮亚。但，在一个冷清的日子里，我还是看了：

这一天他们一起来到黄叶满地的库佩切斯基公园，去做最后一次的谈话。他们站在陡坡上的栏杆旁边；第聂伯河的灰暗的水在栏杆下面闪烁；一只拖着两个驳船的小轮船，正逆着水从桥孔里钻出来，用它的轮翼疲倦地拍着水面，缓缓地向前行驶。落日给特鲁哈诺夫岛涂上一层金黄色，把各家窗户上的玻璃照得像火一样红。

冬妮亚看着金黄色的夕照，十分忧伤地说："难道我们的友谊真的就像这落日一样完了吗？"

他的眼睛盯着她，紧紧地皱着眉头，低声说：

"冬妮亚，这件事我们早就谈过了。自然，我知道我曾经爱过你，而且就在现在，我对你的爱情还是可以恢复的，不过你必须跟我们在一起。我已经不是你从前认得的那个保尔了。同样，如果你要求我把你放在党的前头，我就不会是你的好丈夫。我首先是属于党的，其次才是属于你和别的亲人们的。"

冬妮亚悲伤地望着碧蓝的河水，两眼饱含着泪水。

狗屁！我对保尔喊。喊过之后，我一如既往地崇拜这个男人。崇拜他的拳头,他的军刀,他的意志。可是,我却怎么也不能背叛冬妮亚,为她毫无怨言地放弃了爱情,为她飘动着的水手衫,为她蓝色眼睛里的泪水。

因为冬妮亚,我可以成为少年的保尔;因为冬妮亚,我无法成为红军的保尔。

因此,我有些愧意,站在奥斯特洛夫斯基面前。抱歉了,保尔,我没有成为你所希望的钢铁,可是我懂得了爱不仅要一往情深还要共同分担,这,不也很好吗?

二、刀穗之断失为何得不到修补

很长时间里,《钢铁是怎样炼成的》(连环画)下册第一页,给了我极大的鼓舞:"保尔,在祖国的大地上来来往往已经一年了。他同成千上万的红军战士一起,经历了革命的风暴,在艰苦斗争中成为共青团员,又是优秀的骑兵侦察员。"令我神往的不是革命、风暴、共青团员,而是骑兵——保尔骑在一匹高大的马上,挺拔英俊。他戴着布琼尼军帽,面孔刚毅,目光坚定;他右臂抬起,放在眼前,向远方瞭望;风把帽子、大衣向后吹着。我听见在风的呼啸声中,保尔大喊一声,策马飞奔。

此刻,我在保尔面前,思绪

>小人书《钢铁是怎样炼成的》

万千。

就在这时,我猛地发现雕像上的一处断失,是在第一块花岗岩上,军刀下面有两个垂下的刀穗,但右边的没有了,从上面留下的雨痕和污渍上看,断失已经有

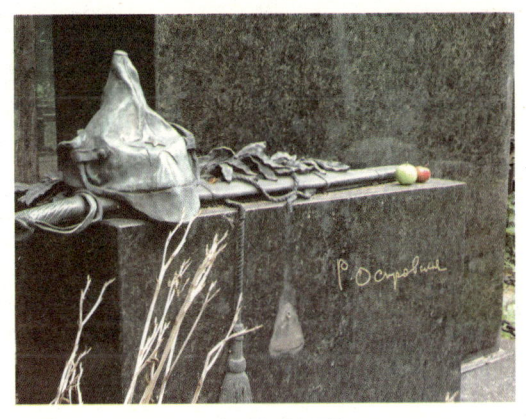

> 奥斯特洛夫斯基墓碑,2015 年 8 月(范行军摄)

很长时间了。很难理解,是吧?克里姆林宫在维修,斯莫尔尼宫在维修,冬宫在维修,就在保尔身后的那座建筑,也在维修,偏偏看不到刀穗的断失——需要修补。

可这,又是不想理解也要理解的一个现状。自 20 世纪 80 年代中期,《钢铁是怎样炼成的》就逐渐被苏联人淡忘了。1997 年莫斯科大学出版社出版了八辑"名著重读"系列,就没有收录这部"红色经典"。为此有人还在报纸上呼吁不要丢掉保尔·柯察金,提醒人们:"应当知道他们的祖辈、父辈在沙皇时代是怎样生活的,他们怎样为革命、自由而战斗……"这也恰恰印证了刀穗之"断失"的必然,它所代表的一种精神,正在失去。我为奥斯特洛夫斯基而难过,如果他在临死前真的还说了这句话:"我们所建成的,与我们为之奋斗的完全两样!"

一座墓碑上的残缺,何时能以伤口的形式,让整个社会感到疼痛?

三、刀穗上的"断失"重过"钟王"的缺失

那天下午在克里姆林宫,我特意在"炮王"和"钟王"处多停留

了一会儿。普希金在这里停留过,列宁在这里停留过,高尔基在这里停留过,而我要感受的是托洛茨基在这里的停留。他在自传中回忆:

> 1918年3月之前我从来没有去过克里姆林宫,……我不时地瞟一眼炮王和钟王。莫斯科的沉重蛮性从钟王的缺口和炮王的炮口呈现出来。哈姆雷特王子在这里也会重复道:时代之链既断,为何又要我将它连接?

想着这句话,我看了一眼黄白相间的总统办公楼的楼上,旗杆没挂俄罗斯三色旗,据说挂上了意味着普京正在这里办公。他不在,也不会在保尔·柯察金的面前,他也喜欢骑马玩刀,但那把军刀刀穗的断失,无法惊动他。

我拍了拍"炮王"。1586年铸造的"炮王",整个装置长度超过5米,炮口直径达0.92米,重量40吨。但这台大炮从未使用过,不过是帝

> "炮王",在克里姆林宫(范行军摄)

> "钟王",在克里姆林宫(范行军摄)

国实力的彪悍彰显,把一些羸弱小国的使节叫到这里散步,威慑作用不必细说。俄国人很会这一套,19世纪中叶,他们安置在波兰的大炮都不带炮弹,要打仗了,才从储藏库里往外搬运。"炮王"旁边是"钟王",这座世界上最大的钟,高6.15米,直径6.6米,重量200吨。"钟王"于1735年11月铸成,四周钟壁铸有浮雕,但人们常常忽略这些,因为那个缺口才最吸引眼球。话说1737年莫斯科大火,由于温度相差太大使得巨钟出现多处裂缝,最后掉下一块,足足有13吨。

但是,我还是觉得,刀穗上的"断失"重过"钟王"的缺失。重过13吨。

又过了三年,还是8月,我又站在奥斯特洛夫斯基墓地前。我怅然若失。万万没想到,保尔·柯察金刀穗上的"断

> 奥斯特洛夫斯基墓碑,2018年8月(范行军摄)

保尔·柯察金刀穗的"断失"

失"，还在。一块褪色的红绸子系在刀柄上，又怎能弥补那段空白？

直到有一天，我想到，这道伤口，是属于很多地方的，是属于很多人的，更是难以释怀。

时代沉疴，要说责任，我们每一个，都跑不掉。

四、当他回忆往事的时候

一个秋风习习的日子里，我因还能想起少年时代抄录在日记本上的这段话，思绪难平：

> 一个人的生命应当是这样度过，当他回忆往事的时候，不致因虚度年华而悔恨，也不致因碌碌无为而羞愧；在临死的时候，他能够说：我的整个生命和全部精力，都已献给世界上最壮丽的事业——为人类的解放而斗争。

> 小人书《钢铁是怎样炼成的》

雅尔塔五记

一、布尔加科夫说，没有比雅尔塔更好的空气了

拉开窗帘，像拉开一道舞台大幕，陡然升起庄严之感。

毕竟"攻略"了好几年终于可以看到克里米亚半岛的蓝天白云了；毕竟到了俄罗斯还没有预订[1]到这里的酒店，做过最坏打算，即使露宿街头或是沙滩，也一定要来；毕竟在莫斯科的多莫杰多沃机场被人为地"甩下"飞机，晚点了13个多小时，到达辛菲罗波尔后，在机场只喝了一杯咖啡就坐上出租，于凌晨两点直奔目的地；毕竟在盘山路上绕来绕去有惊无险地到达酒店，都想翻墙而入了，好在司机热心帮忙叫门，20多分钟后才从一个醉醺醺的看门人手里拿过一串钥匙，上三楼开了门，一头倒在床上——那么，在这样一个早晨，拉开窗帘，是不是要有点仪式感？好吧，那就穿着内裤到阳台上晒晒太阳，让那明朗的阳光长久一点地留在身上，留在记忆中。哦，雅尔塔，天空蓝得简直不像话，有了快感你就喊吧——且慢，扭头看见东边阳台，一个美丽的少妇叼根香烟，胳膊肘放在栏杆上，正在远望。她如在沙滩，灰色三角内裤，浅色文胸，玲珑婉约。还喊个屁，我仓皇逃回屋。

冲了淋浴，穿好衣服，再次来到阳台，少妇不见了，宁宁在躺椅

---

[1] 因为克里米亚在国际社会制裁中，从网上无法预订酒店。

上抽烟，优哉游哉。天还是那么蓝，云在远方，汽车声来自院外的右边马路，有树遮挡又什么都看不见。张开大嘴，深深地吸了一口空气，用贪婪形容之，俗且恰当。来之前，特意重读了布尔加科夫游历克里米亚的随笔：

> 我有生以来没有在任何其他地方呼吸过像雅尔塔这里的空气。呼吸着这样的空气，人怎能不恢复活力？它甘甜的，冷冽的，带着一种花香。深深地吸上一口，就会感觉它流入了你的肺腑。没有比雅尔塔更好的空气了！

这就难怪从百姓到贵族再到沙皇，都对这块俄罗斯最南边的旅游胜地流连忘返了，而布尔加科夫将《大师与玛格丽特》中的剧院经理"发配"到这里，太便宜那个家伙了。

宁宁这时说，我们太幸运了，刚查了一下，契诃夫故居就在山上，半个小时路吧。哇，我攥起双拳。好像是爱默生说的，一旦你做出了决定，整个宇宙都会帮你实现。正是在莫斯科，遇到了老同学在这里读书的女儿允儿，她求助朋友订到了酒店，而我们到雅尔塔最主要的目的就是——寻访契诃夫故居。下楼到院子的凉亭处吃早餐。凉

> 入住的酒店

亭更像一个葡萄架，上面的树枝稀稀落落，透着白云如絮，旁有胡桃树，胡桃有车厘子大，绿色的，粉中带紫开得旁若无人的是藿香蓟。在院里端着托盘走来走去的胖胖的厨娘，过来服务。她能说英语，笑眯眯地和宁宁交流。不能否认，她是一个漂亮的姑娘，就是胖也胖得漂亮。等餐时我向宁宁要了一支烟，远了不说，就说最近十年吧，加在一起抽过十支烟吧，这支，算是最惬意、最放松、最值得立此存照的。

宁宁刚拍完我的"整景"，就听身后传来小女孩的尖叫，那种快乐的尖叫。透过花树栅栏，身后的泳池里，一个五六岁的小姑娘套着泳圈在撩水玩。我站起来看着她，她兴奋的样子让我觉得凉。虽是8月，早晚温差还是很大的，身穿短袖T恤有点凉飕飕的，何况这是海边。泳池里的水蓝得像蓝宝石，小女孩的金发上水珠闪亮，她冲着我们住的楼喊了一声，我看过去，三楼的那个阳台上，此前见过的少妇向小女孩挥手。她穿上了连衣裙，颜色是紫罗兰。

胖胖的厨娘端来了我的早餐：三个煎鸡蛋，放在白盘里，蛋白诱人的白，蛋黄诱人的黄，点缀了一点迷迭香，还有一杯红茶。

> 雅尔塔的第一顿早餐

宁宁说，够吗？

我说，足够，空气完全可以当饭吃。

二、走在"契诃夫路"上

出门就是莱蒙托夫大街，走不远向右，坡度缓缓向上，走着走着，还是要深吸一口气。云彩在山顶悬垂，犹犹豫豫，好像要选块适合停留的小憩之地。石头铺就的人行道，高低不平，中间是柏油马路,可见几片落叶,与走过的路没什么大不同,但是,再向左,上行,无疑就走在"契诃夫路"上了。在雅尔塔,峰回路转之间,都会与俄罗斯文学史走在一起,而此刻,我们正走向契诃夫住过的地方。那里,曾在夜深人静时,从远处的黑海会看见作家的书房亮着的灯光。不知,那里的作家的声声咳嗽,是不是惊动了旁边墓地的安眠。我环顾道路的两侧,轻轻清了一下嗓子,又静静地走。飞过万水千山,再脚踏实地,这样的寻访,累且快乐着。

但快乐,很少属于契诃夫。

高尔基在契诃夫去世后,有一次讲到契诃夫与他在这条路上,边走边聊:"倘使我有很多的钱,我要在这儿给那些生病的乡村小学教员设立一所疗养院。"契诃夫总是为国家不重视教育深感忧虑,俄罗斯如果没有良好的平民教育,"它就会像一座用没有烧好的砖造成的房屋那样倒塌"。那天"是一个晴朗而炎热的日子",而今天和那天一样的晴朗,炎热却是没有的。路上安静,几乎碰不到人,也少有上山下山的车。可我还是听不见"山脚下一只高兴的狗叫得非常愉快"。这样安静地走在路上,许是让我再次听清契诃夫的话:

> 我们的小学教员一年里面有八九个月过着像隐士一样的生活,找不到一个可以谈话的人,没有书,也没有娱乐,他就在孤寂中一天一天地变蠢了。

老师变蠢了,教导出的学生只能更蠢。他的很多小说,都是对人变得愚蠢和庸俗的批判。即使高尔基不说那"灰色眼睛里"总带着"忧郁",人们也会从很多照片上一眼就看出,那些沉郁和忧思。他的沉郁,不属于自己。他的忧虑是月下的利斧,不忍但也用力地砍去再无新生与成长的樱桃园。中华人民共和国中华人民共和国中华人民共但，他始终是孤独的。

>我病了三天，现在稍好一些。我久病，又孤独。……普宁来过这里，现在他走了——就留下我一人。

这是他给莫斯科艺术剧院的演员克尼碧尔的信中说的。这封信写于1901年2月，两人于5月结婚。1914年10月，契诃夫去世十年后，普宁从报纸上看到这封信，感慨万分，回忆了那段时光："他坚持要我每天一清早就到他那里去。就在那些日子里，我们两人亲近了起来。……我与其他任何一个作家都没有像和契诃夫那样保持着友好关系。"普宁还说，契诃夫虽然长自己11岁，却没有一点架子，对自己彬彬有礼，热心照顾，像一个大兄长。

我们走到了半山腰，回望，山路弯弯，两边的建筑表面大多衰败不堪，像描写久远的漫漫历程才会用到的一些形容词。

1905年年底，茨维塔耶娃一家从国外回国，先是到塞瓦斯托波尔，再来雅尔塔。这时，她对革命以及流行的词"逮捕""搜捕""示威游行"颇感兴趣，还时常听大人说，这里有一个进步人士，是个著名作家，叫高尔基。但她错过了高尔基，尽管他就住在她家楼上。总的来说，13岁的她，更关心考试，只有好好复习，才能考上雅尔塔女子中学。这个女孩后来成了一个伟大的诗人。普宁于1933年获得诺贝尔文学奖时，女诗人倒是觉得，这个奖要是颁给高尔基，更为合适。

……我试图更多地回想到作家、诗人在雅尔塔的行迹，就听宁宁说，范兄，我们到了。我们停在左边的一个齐腰高的小铁门前。1904年5月1日，作家从这里离开就再也没回来，但他不是"犹有孤剑伴君走天涯"，而是无数的人又踩着他的足迹来到这里。如果说生者与逝者的脚步重叠是两个灵魂的重逢，那我愿意说，很多时候，是

>契诃夫故居

>作者朋友孔宁在契诃夫故居的"高尔基长凳"留影（范行军摄）

那逝去的衣袂在前引领的。我拍了一下栏杆走进去，手上的灰，舍不得擦……

三、下山路上的"荒诞派"与"印象派"

两个小时之后，我们从契诃夫故居往山下走。此前，以为自己会醉倒在雅尔塔的美色中乐不思蜀，不过一路走下来，被吓到了，准确地说，是被路两旁楼房之陈久、之破败、之不加修饰，吓到了。雅尔塔，克里米亚最亮丽的一颗明珠，海阔天蓝，山清水秀，既是俄罗斯最美的旅游度假胜地，也是重要的港口，可这都是旅行说明书上的介绍。但凡宏观概括，包括对地理环境的，常常有着失真的一面，尤其在你深入到微观层面，离开表面的光鲜，就会看到更为真实的一隅。就像下山时所见，大多数不是断壁残垣，就是墙壁剥落。当然，破旧也是一种风格，或者说是历史风貌，不能简单地定义为瑕疵。例如遗址、废墟、废弃的矿脉。

有一道门，玻璃上是各种颜色的涂鸦，两边的石柱表面都褪去了光泽，露出疙疙瘩瘩的斑驳界面，岁月在这里再一次充当了"破坏者"。一处建筑依山垒砌了石头高墙，石缝之间的水泥都剥落了，呈现一道道伤口似的大缝子——就这样袒露着，是不是对时间可以愈合伤痕的有力反驳呢？还有一座三层临街的楼房，除了铁的阳台上挂的空调还算七层新，面向山顶的外墙千疮百孔，露出里面的砖头和石块，而残留的表面也早就失去了原有的白色，又灰又黄，像小孩子的破尿布；再看临街的墙面，一道道黑渍从上到下，仿佛苍老的女人留下的伤心泪痕，而一条条电线成了头上仅有的几根乱发。我们继续往下走，抬头就见一座憨实的建筑之上，还立着几根古老的石柱，残破得如同古罗马角斗技场的一角……看得多了，就无需大惊小怪了，估计在这表面现象的里面，一定是冬暖夏凉，其乐融融，朋友来了有好酒。可是，为什么"外貌"就任其这般夸张呢？又见一幢三层小楼，三楼和二楼阳台之间有一扇铝合金窗户，那叫一个窗明框亮，可再瞧瞧四周，颜色简直就是一块烂布又放在臭水沟里沤了好多年才拎出来，不等晒干就给糊到墙上，都能闻到一股臭泥巴味了，就在这光怪陆离的画风下，一位穿着红皮鞋的女子叼着烟卷，前凸后翘，打着手机，反差大得绝对是一幅"荒诞派"。荒诞过后，冷不丁又遇到一块墙面，涂抹的黄颜料在阳光下黄得极其暴力，可不等你醒过神来，一大片灰突突的墙面中间，猛地展出一大块绿，画风豪横，大张旗鼓，表现出强烈的"野兽派"风格。这些千奇百怪"画风"之外倒是有一种风景处乱不惊，就是栅栏，一概是铁的——新的，旧的，黑的，锈黄的，横的，弯曲的，带花纹的，直来直去的，五花八门，各显神通——阳台上的美化，窗户上的防贼，路旁的拦石头。搭配这些铁制品的，是各种鲜花，是绿草，是藤蔓，是爬山虎，硬朗中透着婉约的"印象派"。

要说印象令人深刻的还有路面，可以不平，可以有裂缝，但绝无废纸、塑料袋、饮料瓶子，干净得只有阳光和影子。再有就是安静，

>从契诃夫故居下山到海
滨大道途中

> 从契诃夫故居下山到海滨大道途中

听不到说话声、音乐声、吵闹声、汽车喇叭声。在这干净与安静中，回头再看那些斑驳陆离的破败，从中就能看出一种肃然的讲究，一种淡定的意趣，一种随和的处世，一种来去自由的秩序。于是我觉得，这样的"微观"，胜过旅行说明书上的"宏观"，而且更真实，更生动，更雅尔塔。

七拐八绕地，走上了"俄罗斯文学史之路"的另一段"普希金路"。这里的建筑看起来"半老徐娘"的，也都精心地搽脂抹粉过了，一改山上的素颜。两边建筑中间，露出黑海之蓝，像一块蓝宝石项链坠。此前，在半山腰上看到的黑海，像一道深蓝的墙横着。继续往前走，很快，项链坠就融化开来，铺展出一片浩瀚的波涛汹涌。海滨大道上，阳光朗照，海风清凉，令人精神抖擞。来到大道东边，看到了列宁，他一如既往地目视前方，左手撩开大衣左摆，右手握着一卷纸，应该是一个宣言，只是，人们如今已经不在意他要说些什么了，而更愿意听涛声、海鸥的叫声、吹过金合欢花的风声、孩子的笑声。一群轮滑少年在列宁雕像下休息，我过去亮出招牌动作——求助的微笑，眼神足够真诚，手

雅尔塔五记

机屏幕上是"带小狗的女人"。一个轮滑少年往西一指。

我们又走回海滨大道,"带小狗的女人"正等在那里。在她和小狗旁边,还站着一位大叔,是古罗夫,但看身材再瞧相貌,都像年轻的契诃夫。我估计,契诃夫要是看到这座雕像,也只能笑笑罢了。

四、高尔基头上的鸽子和契诃夫脚下的乞丐

顺着海滨大道往西,一路都是游人,人们的目光大多朝向海的方向,很少有人走进路北的商店。恍然间,仿佛看到马雅可夫斯基的身影,他曾在雅尔塔将路边花店的花全部买光,送给情人。这样浪漫的男人如今不多了,有一部分原因怕是很多女人更喜欢包包。走到路的尽头,继续向西,离海岸稍远了点,加之树木茂密,不注意就看不到波涛了,但还能听到惊涛拍岸。虽然知道他就在前面,还是打开手机,将一座雕像的背影展示给迎面走过来的人。好几个人都摇头,直到遇见一对母女,她们向西指了指,表情很明确。

他就在不远处了。

我是几年前从一本书中看到这张图片的,很喜欢这个背影,年轻的高尔基,面向海滨大道,更远处群山连绵。他的头发往后梳拢,上衣是传统的俄罗斯衬衫,就是在连环画《我的大学》里穿的那种,他左手搭着一件大衣,显得很酷,右手拿着礼帽。这张烟黄的老照片,

> 高尔基雕像,在雅尔塔(范行军摄)

让前面的山和云彩显得格外久远，雕像下的台阶一角，坐着一个左手托腮的男子——我曾想到此也拍一张这样的——台阶上没有了那个男人，云彩也是白的，树是茂密的绿——这一次，我是迎面看到的他，双眉粗犷，目光深邃，颧骨很高，面孔坚定，而随手一搭的大衣又让整个人显得洒脱，意气风发。这时的高尔基已是著名作家了，斯坦尼斯拉夫斯基到此就极力怂恿作家写剧本，一个晚上，他们坐在露台上，听着海水声，高尔基说他想写一个新剧本，这就是后来的《在底层》，成为莫斯科艺术剧院的保留剧目。此刻，一群鸽子在作家的身边飞来飞去，有一只落在他的脑袋上。我赶紧拍了下来，有点得意，就像在圣彼得堡的普希金广场，拍下了鸽子落在了诗人的手臂上。同时，又有点歉意，为手里没有面包和饼干。记得在圣彼得堡的一个小广场，刚坐到椅子上，就有鸽子落到脚边，晃着小脑袋，盯着你，过了一会儿才飞走，后来才明白，鸽子飞过来是要食儿的。

告别高尔基又向西走了一小会儿，契诃夫等在那儿。但他显得苍老，凝视前面的黑海，沉思，忧虑。他的双手放在交叉的双腿上，如果不是雕像基座太高，我会握一下那双手。也许走累了，也许就是想和他多待一会儿，就在右边的长椅上坐下。这里为他开辟了一个圆形广场，四周树木高大，枝叶繁茂，他身后不远处可见几幢高楼，所以总有人从台阶上走下来，走过他，走向海边，或是向东而去，许是与他太熟悉了，并不多看他一眼，径直走远，消失。这里还有一人，自我们到此，他就一直坐在旁边的长椅上。他40多岁的样子，戴顶黄色的旧棒球帽，胡子拉碴，脚放在椅子上，看着东面，或者没看。看不清他的眼睛。

看不清他的眼睛也好，就想到了罗什·科岱，他是加拿大人，契诃夫的铁粉，到过雅尔塔，把契诃夫的这封信写进书里："我认为少了悠闲时光，真正的幸福是不可能的。对我来说，极致的快乐便是散步或者坐着什么也不干。我最幸福的事情就是收集毫无用处的东西或做一些没用的事情。"此刻，我就是"坐着什么也不干"，感觉夕阳正西下，海浪喧哗，海鸥飞过来时眼睛跟着也在天空飞着。

但是，总有一个形象在眼前萦绕，我发现自己的目光无法不再落到契诃夫的身上。高尔基说他"那忧郁的灰色眼睛里面差不多老是闪露着一种精细的讽刺"，"讽刺"在此刻是看不到的，那"对人的态度里面隐隐地含有一种跟那冷静的绝望相近的沮丧"是有的。他是作家，他会通过情节和人物表达不满、批判，以及唾弃，但他离开虚构也不会迁就或是回避现实，而恰恰是由于这种直面社会，他的小说才深刻。他的不多但极为犀利、生动的言论，为虚构提供了巨大的发挥空间：

> 整个俄罗斯就是一个又贪又懒的人的国家。人们拼命地大吃大喝，喜欢白天睡觉，闭上眼睛就打鼾。他们结婚是为了需要人料理家务，他们找情妇，是为了想在上流社会中得到方便。他们有着狗的心理：挨了打就轻轻地叫几声躲到自己的窝里去；得到爱抚就仰面地躺在地上，四脚朝天，摇着尾巴……

无法想象，契诃夫的"沮丧"之一在过去了一百年后，马上就展现出来了：就在我们要离开时，旁边椅子上的男人穿上了鞋，走了过来。他说的是英语——在我的认识里，俄罗斯人不好英语，自彼得大帝始，宫廷、贵族和上流人士热衷的就是法语、德语。此行，从圣彼得堡到科维尔，再到克林、莫斯科、辛菲罗波尔、雅尔塔，一个直接印象，会说英语的人不多，尤其年龄偏大一些的——但很显然，他比我强很多，我只会说二十几个英文字母。不过此时，我却从他的语气和表情上看出来了，他过来，有索求。果然，宁宁放下双肩包，拿出钱包，给了他100卢布。宁宁看着他的背影，告诉我，他想要150卢布吃晚饭。

他不像一个乞丐呀,我说。

他不是乞丐,宁宁说,可能是觉得我们东方人比较善良吧,就开口了。

他还是一个乞丐,我说。

他们只是不在街上乞讨而已。在圣彼得堡,我们住的民宿不远有家哈萨克斯坦风味的饭店,每次晚上过去吃饭,都能看见门口的座位半躺着一个满脸通红的男人,他会和在酒柜前挑选啤酒的顾客搭讪。宁宁说,他想让人家给买瓶酒。

这时,我偷偷看了一眼契诃夫,落日余晖被大树挡住,浓重的树影留在他的脸上,使那本来就严峻沉思的面孔愈加凝重、沉郁。

再次回到高尔基跟前,他的身上还有鸽子——鸽子想从游人的手里得到食物,与人向陌生的人张嘴要钱,行为一样,性质不同。

> 契诃夫雕像(范行军摄)

五、布罗茨基说,时光请留下

遗憾,不能在月下欣赏黑海了,明天一早就要赶往塞瓦斯托波尔,但愿在那里可以看到月夜波涛。不过,契诃夫《带小狗的女人》还是提供了一幅美丽的月下海景:

>作者在契诃夫小说《带小狗的女人》主题雕像前留影

他们一面散步,一面谈到海面多么奇怪地放光,海水现出淡紫的颜色,那么柔和而温暖,在月光下,水面上荡漾着几条金黄色的长带。

远方的海面,隐约可见往来的轮船,这也是安娜和古罗夫在码头上看见的轮船,"她转过身来对着古罗夫"时"眼睛亮了"。但我一直没能理解契诃夫为什么让她"在人群中把带柄眼镜也失落了",难道,失落是人生的永恒主题吗?据说,如今在海滨大道,每当黄昏时分,总会出现另一个安娜,牵着小狗款款而行——这次是遇不上了。此刻,我们走上了果戈理大街,又到路边的一家书店停留一会儿,出来沿着一条河向山上走。河的两岸树木又高又粗,树枝在河水上的中央汇合,牵手搭成长长的绿色顶棚,树叶筛落夕阳光照,碰到河水化成点点碎金,漾开,成了香槟。

我们在一家不大的酒店门口停下,在此晚餐应该不错,座位摆在外面,由一道齐胸高的树篱笆与人行道隔开,彩色的小灯泡点缀其上，喜气洋洋。路上的行人不多了。昼光渐隐，天空蓝得不像白日的明亮，含蓄委婉。坐下后，觉得有一点累，但那种可以放下整个身心的松弛感，又是极大的满足。点完了餐，宁宁去买烟了，我到后厨参观了一下，老板娘冲我笑了笑。烤炉那边送来面包的香甜，简直就是爱情的味道，我又到面点师那边观摩了几分钟。回到座位，一个女子送来一杯柠檬水，喝一口，用一个词形容心情的话，怕就是：无上清凉。

正是旅游旺季，还能轻松地选到理想的座位，享受周到的服务，与到此旅游度假的人锐减大有关系。雅尔塔之名，源自希腊文，意为"海岸"。这里面积只有18万平方公里，常住人口7万多，但每年的游客竟达200万人，夏季更是游人如梭，可我们所到之处，游人并不多，无疑与"制裁"有关。到此的第一天早上，美丽的酒店女经理说，我们是这几年接待的仅有的两个东方人。她非常开心，听说我们需要电水壶就笑了。酒店没有东方人来，就没备电水壶，在他们眼里，东方人的肠道脆弱，才要喝热水。差异一定是有的，就像俄罗斯女人生完孩子，几个小时后就自己去冲淋浴了，而我们的女人要坐月子，要捂。

柠檬水又让我想起前日在那家日式风味餐厅午餐，服务员端来的也是柠檬水。正是慢饮那杯柠檬水时，想起了布罗茨基的《雅尔塔的冬夜》：

……求求你，时光，请留下！
不是为了你有着非凡的美貌，
是因为不可能有你的重复。

时光，如何才能留下？

>雅尔塔

波涛汹涌。

潮起潮落。

  辽阔的黑海,

   蔚蓝的波涛。

我很想告诉马雅可夫斯基,黑海的波涛,不只是"蔚蓝"。

宁宁回来了,我也点上一支烟,这时菜和酒也摆到桌上了。我和宁宁举杯相碰。这是此行的第三次喝酒,第一次是在圣彼得堡涅瓦大街上的普希金文学咖啡馆,因为那一大杯冰啤,让我们晚些时候走进了叶赛宁自尽的酒店;第二次是在莫斯科的柴可夫斯基音乐厅,喝的红酒,谈论《大师与玛格丽特》兴趣盎然,出来就见马雅可夫斯基站在那里;这第三次,就着烛光,就着暮色四合的曼妙氛围,每一秒都将带上记忆,更何况烤鱼与刚出炉的面包令人胃口大开。这时,夜空呈现了迷人的不可名状之蓝。

哦,为雅尔塔的最后一晚。

只有端起酒杯,你才不会感到孤单,尤其前后响起的都是异国语音。不单单是酒让我们完全融入了这里。雅尔塔三面靠山,一面临海,就是一个巨大的"环海剧场"。有幸的是,我们来到了这里,冒着可能露宿街头或头枕海滩的风险。我们在这里,就是坐在这剧场了,看——古希腊,拜占庭,基辅罗斯,蒙古人,土耳其人,德国人,白军,红军,苏联,乌克兰,俄罗斯——进进出出,人来人往,潮涨潮落——好吧,那就继续把酒言欢,且看一出大戏,尽管无法预测更远处的风起浪涌之上,将要上演的会是什么。当然,越是荒诞,越是现实。

但我相信,那个美丽、苗条的酒店女经理一定会跟许多人说:"我们酒店,来了两个东方人,不,是两个中国人。"

我们是观众,也注定被别人观看,当每一次演出都是一个新的角色时,我们就是主演,所在的舞台,就是世界的中心。

喝酒,再一次的碰杯,为菲利普·雅各泰所说的:

> 我启程,我继续变老,没什么重要,
> 　　对于离开的人,大海把门摔得砰砰响。

喝酒,再一次的碰杯,一定是为了还没有走过的旅程。

读透一本好书，不仅仅是"读过本书"
更要"读懂本书"

为了帮助你更好地阅读本书，我们提供了以下线上服务

作者故事 听听作者的亲身经历，读懂文字背后的感情

听懂俄罗斯 戴上耳机，用声音为你呈现异国风采

记录感悟 人人都是文学家，随时记下自己的感悟

人生随笔 静心听散文，让你在生活间隙也能品味人生

微信扫码
加入**读者交流圈**
快来和本书书友聊聊